AF294794

© 2025 Wolfgang Heithoff für Idee, Text und Bild

Verlag:

BoD · Books on Demand GmbH, Überseering 33,
22297 Hamburg, bod@bod.de
Druck:
Libri Plureos GmbH, Friedensallee 273,
22763 Hamburg

ISBN: 978-3-8192-2955-8

Jesus macht sich aus dem Staub

Kreuzigung ist schlecht
Für die Work-Life-Balance

Inhalt

Einleitende Worte

Wir, also Sie und ich, gehen in diesem Buch davon aus, dass Jesus damals nicht am Kreuz gestorben ist, sondern heute noch unter uns weilt. Wie sähe diese fiktive Welt heute aus? Werden Sie sich darin wiederfinden? Hätte sich Grundlegendes verändert? Was?

Diese Welt zu erschaffen, war auch für mich nicht einfach. Ich musste so einige festgefahrene Vorstellungen über Bord werfen und mich von so manchem liebgewordenen Glauben trennen. Nur so konnte ich eine flüssige und unterhaltsame Geschichte schreiben, über einen Jesus, der heute noch unter uns ist.

Ich habe eine Welt aufgebaut, in der ein paar Kleinigkeiten anders gelaufen sind, als wir es aus unseren Geschichtsbüchern kennen. Ich zeige Ihnen, was sich im Laufe der kurzen Geschichte der Menschheit nach der Geburt Jesu hätte ändern können, wenn Jesus anstatt am Kreuz zu sterben aus Jerusalem geflohen wäre.

Also darf ich Sie jetzt sprichwörtlich ›an die Hand nehmen‹, wir machen gemeinsam einen Schritt in die Vergangenheit, etwa 2000 Jahre zurück, in das Jahr 31 n. Chr.

Lehnen Sie sich zurück und schließen Sie die Augen. Hören Sie das Gewirr der Stimmen in den Straßen Jerusalems, riechen Sie Gewürze, Sand, Schweiß.

Hallo! Bitte die Augen wieder öffnen und
weiterlesen

Jerusalem im Jahre 31

Wir schreiben das Jahr 31, befinden uns auf einer Straße in Jerusalem. Einer Stadt, die in den nächsten 2000 Jahren aufblühen, aber nicht zur Ruhe kommen wird. An den Rändern der Straße bieten Händler ihre Waren an, auf der Straße schieben sich bunte Menschengruppen in alle Richtungen, hin zur Tempelanlage und zurück. Einige bleiben zwischendurch an den Ständen oder Wagen stehen. Sie prüfen die angebotenen Waren, Brote, Gewürze, Kräuter, Tücher und auch dekorative Vasen für die Häuser der Oberschicht.

Ich trete nun zurück und lasse Sie allein mit diesem Gewirr von Stimmen und Gerüchen, mit dem warmen, trockenen Wind, der beständig durch die Straßen weht und auf der Haut brennt. Kinder rennen herum, zupfen an den Schürzen ihrer Mütter oder jagen sich mit Schwertern aus Holz und Schilden aus Weidengeflecht.

Es ist heiß, trotz des beständigen Windes, denn der letzte Regen ist schon Wochen zuvor gefallen. Bunte Tücher aus Seide und Baumwolle flattern lustig im Wind, das ‚flapp-flapp-flapp‘ist eine angenehme musikalische Untermalung zu dem allgegenwärtigen Stimmengewirr. Esel schreien um die Wette mit gackernden Hühnern.

Zwei römische Soldaten treten forsch an einen Stand mit Weinamphoren heran. Ihre Rüstungen blitzen im Schein der Sonne an einigen Stellen auf, man sieht aber auch Beulen und Dellen, die von vielen Kämpfen zeugen. Der rote Baumwollstoff leuchtet an den Schultern aus dem Silber des Brustpanzers hervor, die Helme tragen sie lässig auf dem Kopf, der Kinnriemen baumelt locker. Sie scheinen mit dem Preis oder der Qualität der Ware nicht einverstanden zu sein. Eine kurze, lebhafte Unterhaltung beginnt.

Der größere Soldat greift den Händler beim Gewand und schüttelt ihn. Er schreit ihn an, unbeherrscht, wütend. Dann lässt der Soldat den Mann unvermittelt los, dieser sackt in sich zusammen. Wortlos reicht er den beiden Legionären eine Amphore, der erste Soldat greift zu. Der zweite, kleinere, hebt die rechte Hand, als wolle er zum Schlag ausholen. Das ist aber nur eine Geste, um dem Händler noch mehr Furcht einzuflößen. Sie zeigt Wirkung. Furchtsam duckt er sich und händigt eine zweite Amphore aus.

Der kleinere Soldat mit dem roten Haar greift zu, grinst seinem Kumpel zu, dann reihen sich beide in den Strom der Menschen auf der Straße ein und sind bald nicht mehr zu entdecken.

Der Händler kratzt seinen krausen Bart, dann richtet er die umgekippten Amphoren in seiner Auslage wieder auf und beginnt erneut, seine Waren anzupreisen. Er sieht nicht mehr, wie Septimus, der Rothaarige, und Quintillius, genannt der ›Bär‹, sich mit den illegal konfiszierten Amphoren zuprosten.

»Das war leichtes Spiel, Quintillius. Aber irgendwann werden die Händler nicht mehr so leicht von der Präsenz Roms beeindruckt sein. Dann werden wir dafür bezahlen müssen!«

Er feixt über die Doppeldeutigkeit seiner Worte und hebt seine

Amphore hoch. Quintillius zeigt sein bekanntes breites Grinsen und prostet Septimus zu. So schlendern Sie weiter Richtung Palast. Ein letzter Schluck noch aus der Amphore, dann putzen sich beide zeitgleich mit dem Handrücken den Mund ab. Die Karaffen fliegen in einem hohen Bogen gegen eine Häuserwand auf der rechten Seite und zerplatzen krachend. Tonscherben rieseln mit der restlichen Flüssigkeit auf den Boden. Ein grauer Straßenköter bellt verschreckt laut auf, zieht dann aber gleich wieder den Schwanz ein und verschwindet um die Ecke.

Die beiden Legionäre schreiten, leicht wankend, im Gleichschritt auf das offene Tor zu. Die Sandalen knarren auf dem Holz der Zugbrücke. Ein Schlag mit der Faust an den Brustharnisch, dann die Rechte zum Gruß gestreckt. Perfekt im gleichen Takt.

Der wachhabende Soldat lässt beide passieren. Er kennt sie, sie gehören seiner Kohorte an. In zwei Jahren werden alle drei ihren Dienst mit der ›honesta missio‹ der ehrenhaften Entlassung, beenden. Sie werden in Ihre Heimatorte zurückkehren, Septimus nach Rom, Quintillius nach Thurir und er, Longinus, wird nach langen Jahren Tarentum wiedersehen.

Während Longinus noch in Gedanken durch seine Heimatstadt wandelt, marschieren plötzlich zwei neue Wachsoldaten auf seinen Posten zu. Longinus schaut ihnen verwundert entgegen, denn es ist noch gar nicht Zeit für die Wachablösung. Die beiden Soldaten bauen sich vor ihm auf, er erwidert den krachenden Gruß und zieht fragend eine Augenbraue hoch.

»Wir sollen dich verstärken, Longinus. Es gibt Gerüchte, dass in der Stadt eine Revolte geplant ist. Für heute Nacht sind alle Sicherheitsmaßnahmen verdoppelt worden, es gilt eine Ausgangssperre für alle Soldaten.«

Longinus hat diese Gerüchte auch schon gehört, ihnen aber bisher keine Bedeutung beigemessen. Jerusalem ist nun einmal nicht Rom. Auch hier gibt es immer wieder einmal Auseinandersetzungen mit der heimischen Bevölkerung. Aber zu ernsthaften Zwischenfällen ist es bisher nie gekommen.

Vielleicht hat das alles mit diesem Prediger zu tun, diesem Nazarener: Jeshua. Ihm wird nachgesagt, er stachele die Einheimischen an, sich gegen das mächtige Rom aufzulehnen. Aber wie sollte der, ein einzelner, zerlumpter Kerl, der jetzt hier in einer Gefängniszelle auf seinen morgigen Prozess wartet, dem großen römischen Reich gefährlich werden können? Gestern erst ist er gefangengenommen worden, der Stadthalter scheint es eilig zu haben, ihn ans Kreuz zu nageln.

Longinus mustert seine Kameraden, sie stehen immer noch, auf Anweisungen wartend, vor ihm. Er überlegt kurz, wo er sie am besten einsetzen kann.

»In Ordnung, dann patrouilliert ihr innen vor dem Tor, ich bleibe hier!«

Die beiden Soldaten befolgen den Befehl und entfernen sich im Gleichschritt.

Der Tag vor der Kreuzigung

Jesus, in der Landessprache Jeshua genannt, sitzt in dem dunklen, muffigen Kerker des Palastes und schnitzt aus einem Stück Holz eine Flöte. Als gelernter Zimmermann hat er sein Handwerkszeug immer dabei, ein kleines Messer. Merkwürdigerweise wurde es ihm nicht abgenommen.

Es ist warm und stickig in dem gemauerten Raum, der nur von dem Licht aus einem kleinen vergitterten Fenster erhellt wird. Das Stroh riecht muffig, noch unangenehmer aber riechen die anderen Insassen dieser Zelle. Wenn es einmal Wasser gibt, wird es getrunken. Waschen ist hier ein unbekanntes Wort.

Hin und wieder hört man das Kratzen eines Bechers an der Mauer, ein Husten aus dem Dunkel der hinteren Ecke oder ein leises Stöhnen im Schlaf. Wer hier ist, hat sich aufgegeben und wurde aufgegeben.

Der Schweiß tropft Jesus von der Stirn und den schwarzen Haaren, immerfort wischt er seine Stirn mit den Ärmeln seines Gewandes ab. Es ist unerträglich warm in dem Verlies. Zu seinen Füßen hat sich ein kleiner Haufen Rinde und Holzspäne angesammelt, unbeirrt von dem Gestöhne seiner Kerkergenossen schnitzt er weiter an seiner Flöte. Irgendwie muss er ja die Zeit hier unten sinnvoll verbringen. Morgen soll ihm der Prozess gemacht werden. Jesus kann sich gar nicht erklären, wie er die Obrigkeit gegen sich aufgebracht haben soll.

In seinem bisherigen Leben, insbesondere in den drei Jahren in und um Jerusalem, hat er immer sehr viel Glück gehabt. Und mit seinem Frohsinn und seiner Leichtigkeit hat er viele Leute angesteckt. Sie sind ihm auf seinen Reisen gefolgt, zunächst vereinzelt, dann in immer größeren Gruppen. Jesus hat Gefallen daran gefunden, sein Glück mit anderen zu teilen. Und offen und ehrlich seine Meinung zu sagen. Das macht frei. Und da er immer so offen und ehrlich mit seinen Mitmenschen umging, öffneten sich ihm Türen und Tore.

Umso unverständlicher ist es für ihn, dass er jetzt hier hinter Schloss und Riegel von der Außenwelt abgeschottet worden ist. Er ist sicher, nichts getan zu haben, was Anderen geschadet haben könnte oder für das er bestraft werden müsste. Also sieht Jesus dem morgigen Tag gelassen entgegen. Es kann sich alles nur um ein Missverständnis handeln.

Ein prüfender Blick auf die Flöte, fertig!

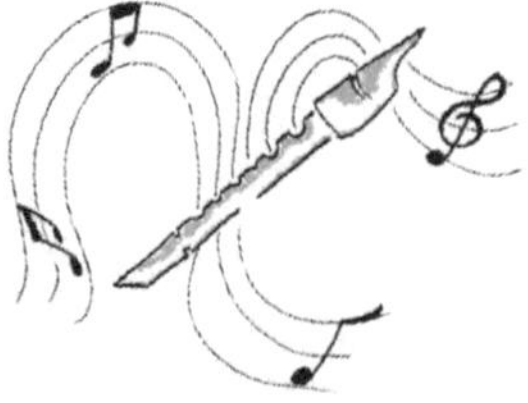

Er setzt sie an die Lippen und spielt die ersten Töne. Furchtbar! Als wenn eine Drossel schreiend vom Baum fällt. Jesus schüttelt verzweifelt den Kopf. Das Holz war wohl doch zu feucht! Ohne ausreichendes Licht war es sowieso ein verzweifelter Versuch gewesen, sich die Zeit im Kerker zu vertreiben.

Trotzdem! Er setzt die Flöte noch einmal an und bläst mit aller

Kraft einen schrägen Ton nach dem anderen aus dem Kerkerfenster hinaus in die einsetzende Abenddämmerung.

Krachend zerplatzt an der Wand neben ihm ein Becher aus Ton. Brackiges Wasser rinnt an den Steinen herab. Aaron, der Fischer, war der Absender dieser stillen Botschaft: »Ruhe!«

Jesus reagiert nicht, er hat Glück gehabt, wieder einmal. Daneben!

Aaron soll morgen wegen Mordes gekreuzigt werden. Der Prozess ist allerdings reine Formsache, das Urteil ist vorhersehbar, es scheint angemessen. Aaron ist ein Mörder, ein mehrfacher. Und er bereut keine seiner Taten. Ein unangenehmer, lauter Zeitgenosse, der nur seine eigenen Interessen im Kopf hat und diese erbarmungslos durchsetzt.

Petrus, der freundliche Fischer, hingegen hatte ein Verhältnis mit der Tochter der Präfekten angefangen. Sehr zum Missfallen ihres Vaters, der ihm einen Mord unterschob und ihn ebenfalls morgen zum Tode verurteilen lassen will. Als Besatzungsmacht ist man hier auch Herr der Rechtsprechung.

Der stille Fischer nimmt dies alles gelassen hin. Wenn es so sein soll, dann wird er morgen sterben. Und wenn nicht, dann folgt er vielleicht dem Verrückten, der dort unter dem Fenstergitter sitzt und auch in dieser Dunkelheit eine Fröhlichkeit verbreitet. Allerdings nicht mit seinem Flötenspiel, das ist grausam!

Wenige Meter entfernt, auf der anderen Seite der Mauern, zieht Longinus eine Augenbraue hoch und schaut auf das Kerkerfenster. Zunächst dachte er, einer der Gefangenen werde gefoltert, doch nun hört er, wie eine Reihe schriller Töne verzweifelt versucht, eine Melodie zu werden. Einer der Gefangenen offensichtlich. Vermutlich seine letzten Töne vor der Kreuzigung.

Er schaut an der Steinfassade des Palastes hinauf. In den Räumen des Pontius Pilatus brennt Licht. Auch hier dringt Musik aus dem Fenster, aber wohlklingender. Ein leichter Geruch von gebratenem Fleisch weht vorbei. Longinus zieht die Nase hoch und schüttelt fragend den Kopf. Was die dort oben wohl wieder treiben? Er hat viele Gerüchte über das ausschweifende Treiben im Palast gehört, ist selbst aber noch nie dort gewesen.

Wozu auch? Longinus lehnt sich an seine Lanze und träumt sich zurück in seinem Heimatort. Vor seinem inneren Auge erscheint das Haus seiner Eltern, welches er vor zwanzig Jahren verlassen hat.

Die Musik oben verstummt, die Stimmen aus der ersten Etage werden immer lauter, man scheint sich angeregt zu unterhalten. Longinus hört das Geräusch rollender Würfel, Rufe und laute Worte. Viel Geld scheint dort den Besitzer zu wechseln.

Pontius Pilatus ist an der Reihe. Er hat bereits eine große Menge Geld verloren, auch zwei seiner goldenen Ringe haben den Be-

sitzer gewechselt. Während er schwitzend die Würfel im Lederbecher schüttelt, überlegt er krampfhaft, welche Steuern er noch
erfinden könnte, um den fehlenden Betrag wieder in die Staats-
kasse einzubringen. Rom hat den Besuch eines Steuerprüfers an-
gekündigt, er muss vorsichtig sein.

Die Würfel fallen: Eine ⚀ und eine ⚁. Der Stadthalter jubelt.
Die für den Notfall geplante neue Steuer auf den Verkauf von
Frischfisch entfällt. Er hat soeben seinen letzten Einsatz zurück-
gewonnen. Grinsend zieht er den Goldring wieder auf einen seiner dicken Finger. Ihm schwindelt leicht. Der viele Wein hat ihm
zugesetzt.

⚀ ⚁ ⚂ ⚃ ⚄ ⚅

»Ich habe eine Schtr … Schtrasse, jawoll! Ihr alten Tunika tra-
genden Waschweiber! Ich habe gewonnen! Und jetzt isch genug! Das Spiel ist aus! Vobbei!« Er greift ungeschickt nach dem
Weinbecher, bekommt ihn auch zu fassen und leert den Inhalt in
einem Zug.

»Yeeoooooh!«

Ein lauter Rülpser rollt aus seinem Hals über die Nerven seines
Gegenspielers. Fabius Octopus verzieht das Gesicht. Nicht nur wegen des unangenehmen Geruches, den der Stadthalter gerade verbreitet. Er läuft rot an.
»So haben wir nicht gewettet. Ich erwarte eine Revanche!«

Der Stadthalter lässt sich laut in seinen Stuhl zurückfallen. Seine
glasigen Augen schauen zum Himmel. Die Hausklaven in der

Ecke des Raumes schauen amüsiert auf das angetrunkene Spielerpaar.

»Von mir aus!«, lächelt er müde. »Aber nicht um Geld!« Eine mit Rotwein gefüllte Idee schießt ihm in den Kopf. »Ich, ich schpiele um einen Gefangenen. Wenn du gewinnst, kannst du ihn haben. Wenn nicht, hängt er noch morgen am Kreuz, jawoll.»
Fabius Octopus, der Tuchhändler, will protestieren, aber er weiß genau, dass er damit keine Chance haben wird. Auch er kann sich der Macht des Staates, so erbärmlich sie auch gerade aussieht, nicht widersetzen. Aber er will an diesem Abend nur noch einmal gewinnen. Und er will es diesem rüpelhaften Pontius zeigen. Außerdem, wenn er so darüber nachdenkt, er kann bei diesem Spiel ja gar nichts verlieren!

»Einverstanden!« sagt er. »Aber wir spielen nicht um irgendeinen Tagedieb, der als Sklave dienen kann, wir spielen um den Jeshua, Jesus, den Aufrührer, den König der Juden.«
Pontius Pilatus stoppt abrupt das Rotweinglas, das er gerade zum Mund führen will. Ein roter Schwall ergießt sich auf seine weiße Tunika. Zwei der Haussklaven eilen beflissen herbei und tupfen die Flüssigkeit mit weißen Tüchern ab. Einer von rechts, einer von links.

Einen Moment lässt der Stadthalter sie gewähren, dann stößt er sie unwirsch weg. Er fuchtelt wild mit den Armen, lallt.

Fabius starrt sprachlos auf sein Gegenüber. Der verwischte Rotwein hat auf dem Gewand die Form eines Kreuzes hinterlassen.

Pontius bemerkt davon nichts, er greift mit seiner zitternden rechten Hand nach dem Würfelbecher. Und dieses Mal ist er erst beim zweiten Versuch erfolgreich. Er lächelt zufrieden und zieht den Becher zu sich heran.

»Meinetwegen!« lallt er. »Isch doch eh alles nur Gerede. Und ich bin froh, wenn die Sache ohne großes Aufheben erledigt wird. Wer weiß, welche Folgen eine Verurteilung haben kann? Ich kann hier keinen Aufruhr brauchen.«
Er taucht seine Hände in eine Schüssel mit Wasser, die ihm die Bediensteten reichen, und wäscht sie intensiv. Plötzlich wirkt er wieder nüchtern.

»Und ich gebe dir sogar noch zwei Mörder dazu, die will ich auch loswerden.« Er lacht laut auf, seine Stimme klingt hysterisch. »Und wenn du verlierst, will ich dein Haus!«

Fabius Octopus weicht entsetzt vom Tisch zurück. Von einem Einsatz seinerseits war bisher nicht die Rede gewesen. Er zweifelt. Soll er weiterspielen? Das Risiko ist hoch, immens hoch. Zu hoch. Aber er will seinem selbstgefälligen, rülpsenden Gegenüber auch nicht die Genugtuung geben und jetzt einen Rückzieher machen. Verzweiflung kommt in ihm auf. Soll er die Wette annehmen? Kann er überhaupt noch Nein sagen?

Unerwartet weht ein Wind durch die Fensteröffnung und lässt die Tunika des Stadthalters hochwehen.

Rotes Kreuz auf weißem Grund.

Von draußen hört Fabius die lauten Stimmen der Wachablösung, militärische Befehle, das Klappern von Waffen, das Schnauben der Pferde, die soeben abgesattelt werden.

Kreuz. Reiter.
Ein verschwommenes Bild zeichnet sich vor dem inneren Auge des Fabius Octopus ab.

»Gut,« sagt er. »Den Jesus von Nazareth gegen mein Domus, die beiden Mörder kannst du behalten. Und wenn ich gewinne, dann kröne ich ihn hier zum König der Juden.«

Mit diesen Worten hofft er, sein Gegenüber so zu reizen, dass der einen Rückzieher macht.

»Mach doch, was du willst!«, lallt Pontius jedoch nur. »Hauptsache, ich bin ihn los.«

Wieder taucht er seine Hände in die Wasserschüssel, zieht sie dann verdutzt wieder heraus und schaut sich verwirrt um. Seine Augen sind glasig, rot unterlaufen, sein Gesicht verschwitzt. Er greift nach dem Würfelbecher, den er eben zu sich hingezogen hatte.

»Und nun los, ich bin müde.«

Er greift ungeschickt nach den Würfeln, wirft sie in den Lederbecher und beginnt, ihn zu schütteln.

»Tock, tock, tock!«, macht es auf dem Olivenholztisch, als Pontius Pilatus den Becher absetzt.

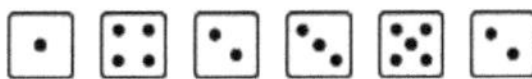

Er nimmt alles wieder auf und schüttelt den Becher erneut.

Seine letzte Chance. Er wischt mit der linken Hand den Schweiß von seiner Stirn und lässt die Zweien liegen, würfelt mit den vier übrigen Würfeln erneut.

Drei Zweien! Das soll ihm der blöde Tuchhändler erst einmal nachmachen. Selbstgefällig lehnt er sich in seinem Sessel zurück und ordert mit einem Fingerschnippen neuen Wein.
Fabius Octopus schaut sein Gegenüber erstaunt an. Wieso lächelt der so selbstsicher? Drei **2**en, das ist zu schlagen, keine Frage!

Er greift den Würfelbecher und schiebt die sechs Würfel hinein. Das Schütteln der Würfel klingt wie das Getrappel von Pferden. Er stülpt den Becher auf den Tisch.

Tock!

Langsam hebt er den Becher an. Pontius Pilatus zieht eine Augenbraue hoch und versucht, unter den Becher zu schielen.

Der Tuchhändler jubelt auf. Genussvoll und langsam bringt er die Würfel in die richtige Reihenfolge:

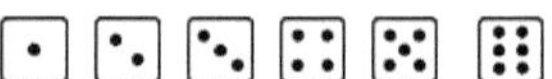

Dem Stadthalter scheinen die Augen aus dem Kopf zu quellen, er nimmt einen kräftigen Schluck Wein und wischt sich mit dem Handrücken nachlässig den tropfenden Mund ab. Dann knallt er den Weinbecher mit voller Wucht auf den Tisch.

»Meinetwegen! Nimm ihn!« Schwankend steht er auf.

»Der Gerichtstag fällt morgen aus! Rom ist müde!«, ruft er laut in den Raum hinein. Auf seinen Wink eilen zwei Haussklaven herbei und stützen ihn, als er in sein Schlafgemach wankt.

Fabius Octopus lächelt zufrieden. Er hätte nie gedacht, dass er diesem ›Aufrührer‹ den er insgeheim bewundert, tatsächlich einmal begegnen würde. Und mehr noch, jetzt steht Jesus auch noch in seiner Schuld. Vielleicht könnte man zusammen die festen Ketten, die Rom um Jerusalem geschlungen hatte, etwas lockern. Oder gar zerbrechen.

Der Tuchhändler schnippt mit dem Finger nach dem Centurio an der Tür, der das ganze Treiben mit unbewegter Miene beobachtet hatte.

»Geht zu dem Hauptmann der Wache! Sagt ihm, er soll diesen Nazarener frei lassen! Noch in dieser Stunde! Der Stadthalter will es so!«

Septimus rechte Faust kracht auf den Brustharnisch. Die linke Hand zum Gruß ausgestreckt brüllt er »Jawoll!« und verschwindet durch die Tür.

Nur kurze Zeit später reitet Jesus auf einem gestohlenen Esel aus der Stadt hinaus. Er weiß nicht, was geschehen ist, nur, dass er offenbar wieder einmal Glück gehabt hat. Er hat das Gefühl, dass er am besten so schnell wie möglich das Weite suchen sollte.

Jesus am Aasee

Etwa 2000 Jahre später treffen wir den gleichen Jesus in einem kleinen Park in der Nähe von Münster. Es ist tatsächlich jener, der vor fast 2000 Jahren mit einem Esel aus Jerusalem herausritt und von seinem Retter, dem Tuchhändler Fabius Octopus, danach verzweifelt gesucht wurde.

Jesus sieht noch genauso aus wie damals, allerdings hat er sein Haar wachsen lassen und ist in Jogginganzug, Turnschuhen und gelber Base-Cap nur schwer wiederzuerkennen. Obwohl sein Gesicht immer noch das eines Mittdreißigers ist, sieht man tief in seinen braunen Augen doch eine 2000-jährige Müdigkeit.

Jesus sitzt, umspielt von einer kleinen Horde Eichhörnchen, auf einem Baumstumpf und hält einen zwitschernden Vogel in seiner Hand. Eine kleine Gruppe von Menschen umringt ihn und hört zu, wie er abwechselnd mit Ihnen und dem Vogel spricht.

»Vor vielen Jahren hatte ich einen Freund. Er hieß Franz. Franz liebte Tiere über alles, besonders Vögel. Und er wünschte sich nichts sehnlicher, als mit ihnen reden zu können. Also sagte ich zu ihm: ›Franz, das ist ganz leicht! Du musst ihnen nur zuhören. Und wenn sie merken, dass du ihnen wirklich zuhörst, werden auch sie dir zuhören, und so werdet ihr euch verstehen!‹

Jesus lächelt einem kleinen blonden Mädchen zu, das sich ganz nach vorne gedrängelt hat. Sie lächelt zurück und streckt ihre linke Hand aus. Der Vogel aus Jesus Hand fliegt auf und lässt sich in der warmen Kinderhand nieder. Es kitzelt, als er sich bei ihr einkuschelt und das Mädchen muss lachen.

»Seht ihr!«, sagt Jesus zu den Umstehenden. »Es ist gar nicht so schwer. So, wir ihr mir zuhört, hat auch das Mädchen dem Vogel zugehört. Und jetzt reden beide miteinander.

Das ist es, was ihr tun sollt. Redet miteinander. Nur so könnt ihr euch verstehen. Nur so erfahrt ihr mehr voneinander. Und scheut euch nicht, alles von euch Preis zu geben, denn je offener ihr mit eurem Gegenüber umgeht, desto offener wird es mit euch umgehen. Das ist es, was euch ausmacht. Offenheit, Verständnis, Menschlichkeit.«

Die Menschen nicken stumm, nachdenklich. Der Wind trägt das Läuten einer Kirchenglocke herüber. Jesus schaut auf die Uhr an seinem linken Handgelenk. Neun Uhr! Er wollte eigentlich seinen Freund, Pfarrer Jakob, besuchen. Irgendetwas im Park hat ihn wohl abgelenkt. Jetzt aber schnell weiter! Sonst macht sich der Pfarrer noch auf die Suche nach ihm. Jesus springt auf und läuft los. Er ignoriert das Klicken der Kameras, spürt nur die Wärme der Sonne auf seinem Rücken und das Gezwitscher der Vögel, das hinter ihm langsam leiser wird.

Während der botanische Garten bald hinter Jesus liegt, steigt Jens Feldbach, der Kreuzritter, aus der Buche, von der aus er die ganze Begebenheit beobachtet und gefilmt hatte. Gut, die Sache mit den Vögeln, das war schon etwas Besonderes. Das könnte aber auch Zufall oder eine gute Dressur gewesen sein. Das war nichts, was seinen Vorgesetzten interessieren würde. Der wollte ‚sichere Beweise, so unverrückbar wie eine deutsche Eiche!

Jens ist seit über zehn Jahren Kreuzritter, seit zwei Jahren ist er zur ›Verifizierung der Göttlichkeit Jesus‹ kurz ‚VdGJ abgestellt. Zwei Jahre voller abwechslungsreicher Beobachtungen, aber ohne ein tatsächlich verwertbares Wunder. Er würde sich lieber der Ortsgruppe J anschließen und in Jerusalem eigene Ermittlungen durchführen. Jens hat das Gefühl, hier seine Zeit zu verschwenden. Ein Gottessohn sieht in seiner Vorstellung anders aus, irgendwie würdevoller, davon ist er überzeugt.

So, wie der Oberste Kreuzritter Gerstmann. Stattliche Figur, teurer Anzug, Krawattennadel, Porsche. Ein Mann mit Ausdruck. Ein Mann, der es zu etwas gebracht hat und der ein wichtiges Ziel verfolgt, die Mehrung des Reichtums der Kreuzritter. Für den Tag, an dem Jesus, der wahre Jesus, antritt, um von den Kreuzrittern gekrönt zu werden.

Für heute hat Jens seinen Job erfüllt, er packt seine Abhörutensilien zusammen. Ab jetzt werden Peter und Paul übernehmen. Peter und Paul, das ist die perfekte Tarnung, sind Polizisten. Aber eben wirkliche Polizisten! So, dass keiner Verdacht schöpfen könnte, wenn sie ihren Ermittlungen nachgehen.

Jens hält zwei gespreizte Finger vor die Brust, das geheime Zeichen der Kreuzritter. Er sieht, wie Peter und Paul das Zeichen nickend erwidern und Jesus hinterherlaufen. Er holt noch einmal tief Luft, dann dreht er sich um und verlässt den Park Richtung

Parkplatz. Auf seine linke Schulter setzt sich, von ihm unbemerkt, eine Kohlmeise. Sie kneift ihre Augen zusammen und verrichtet ihr Geschäft, dann hebt sich mit leisem Flügelschlag ab.

Jens bemerkt davon nichts, er zieht schnuppernd die Nase hoch. Die Luft riecht irgendwie säuerlich…

Jesus im Supermarkt

Es ist nicht mehr weit, nur ein paar Meter noch. Jesus zögert. Nach rechts. Oder links? Ach da! Die Leuchtreklame ist von Weitem zu sehen. Er geht immer wieder gerne dorthin. Die elektronische Tür gleitet auf und die bekannte Atmosphäre umfängt ihn sofort, dieser unverwechselbare Geruch, das etwas andere Licht. Ja, hier fühlt er sich wohl.

Seine Gedanken fliegen dahin, zurück in alte Zeiten.
Ich weiß gar nicht, was mein Vater sich damals dabei gedacht hat. Er hat mir gesagt, ich solle den Menschen sein Wort verkünden. Natürlich habe ich das gemacht. Es hat mir ja auch Spaß gemacht. Aber es war keine Rede davon, dass das von Dauer sein sollte. Die haben damals schon nicht richtig zuhören wollen, und heute noch viel weniger. 2000 Jahre! Und wie sieht das hier aus?! Wieder alles voller Händler, die ihre Waren anpreisen: Wurst, Käse, Brötchen.

Er bleibt mit seinem Einkaufswagen abrupt stehen und ruft zornig: »Händler, Feilscher! So sieht das Haus Gottes doch nicht aus! Ihr solltet euch schämen!«

Die Menschen im Supermarkt drehen sich abrupt um. Sie versuchen, zu verstehen, weshalb der Mann im Jogginganzug mit den langen Haaren und dem Bauch plötzlich einfach losbrüllt. Kopfschüttelnd schauen sie und schieben dann ihre Einkaufswagen weiter. Nur einer bleibt neben ihm stehen und legt Jesus die Hand auf die Schulter. Er ist ganz in schwarz gekleidet, ein weißes Collar an seinem Hemdkragen weist ihn als Priester aus. Er ist dem an der Kirche vorbeieilenden Jesus hierher gefolgt.

»Nein, Jesus«, sagt Jakob leise, »du hast dich wieder verlaufen.«

Er versucht sanft, mit seinem Wagen den von Jesus in Richtung Ausgang zu drücken. Nur keine Aufmerksamkeit erregen! Aber Jesus erhöht den Druck auf seinen Einkaufswagen. Beide drücken, sich äußerlich freundlich anlächelnd, so feste sie können.

Der Pastor hat einen schlechteren Stand, sein Wagen gibt nach und landet krachend an der Truhe mit den Tiefkühlpizzen. Jesus schießt, von der freigewordenen Energie ungewollt beflügelt, an ihm vorbei in Richtung Fleischtheke. Um nicht den Halt zu verlieren und hinzufallen muss er viele lange Schritte machen. Er gibt wirklich eine komische Figur dabei ab.

Die Leute schauen wieder. Und schütteln die Köpfe. Unmögliches Benehmen. Der Pastor hat sein inneres Gleichgewicht wiedererlangt, als Jesus sein körperliches wiedergewonnen hat. Er wirft den Kopf mit den langen Haaren nach hinten und schaut den Pastor herausfordernd an. Was sollte das denn? Weshalb war er überhaupt hier?

Ach, wenn doch diese Vergesslichkeit nicht wäre! 2000 Jahre, das sind 24.000 Monate, das sind 24 x 365 x 1000 Tage, also, ähm, das sind…, ach egal! Einfach zu viele Tage, um sich alles merken zu können. Obwohl, vor 500 Jahren, zu Zeiten Luthers, da konnte er sich noch an alles erinnern. Nur in der letzten Zeit, da wurde es schwieriger. Sollte er dement geworden sein? Geht das überhaupt, der Sohn Gottes und dement?

»Das geht doch gar nicht, Vater! Oder?«

Jesus wendet sich fragend, ja hilfesuchend nach oben. Draußen donnert es plötzlich heftig. Vor zehn Minuten war es noch sonnig gewesen, jetzt schlägt plötzlich unter lautem Krachen ein Blitz in die Hähnchenwagen vor der Ladentür. Während der sofort in Flammen aufgeht, rennt sein Besitzer vor Schreck schreiend ins Freie.

Die Leute im Laden lassen ihre Einkaufswagen stehen und drängen sich neugierig an den Ausgang, einige Mutige gehen nach draußen und reißen ihre Handys hoch, um alles direkt ins Internet zu übertragen.

Jesus schüttelt verzweifelt den Kopf.

»Ach, Vater! Kannst du nicht einmal ganz normal antworten? Ich bin müde.«

Aus der Tiefkühlabteilung winkt vorsichtig der Geistliche, Pfarrer Jakob. Er hat den Kopf eingezogen als fürchte er, der Himmel würde ihm auf den Kopf fallen. Fragend zeigt er mit dem Finger erst auf Jesus, dann gen Himmel. Er lächelt gequält und zieht fragend die Schulter hoch.

Jesus nickt ihm kurz zu. Ja, das war wieder einmal eine Regieanweisung von oben.

Pfarrer Jakob, ja, in ihm hat Jesus wirklich einen guten Gefährten in dieser Zeit gefunden. Er hält treu zu ihm, obwohl er innerlich schwankt zwischen seiner Treue zur Kirche und seiner eigenen Überzeugung. Er würde gerne lauthals herausschreien, dass der Mann an seiner Seite tatsächlich der Sohn Gottes ist. Dass die Kirche nicht weitersuchen muss, er hat ihn gefunden. Aber die Kirche fordert unwiderlegbare Beweise, und die konnte Jakob bisher nicht liefern.

Mitverantwortlich dafür ist natürlich auch Jesus, der es seit Jahrhunderten bei ›kleinen Wundern‹ belässt und keine großen Auftritte sucht. Er hat sich dafür entschieden, im Verborgenen zu wirken. Das hält er für nachhaltiger als große Auftritte.

Langsam schiebt der Pfarrer seinen Wagen wieder näher an Jesus heran, vergewissert sich vorsichtig zur Seite und nach oben, dass keine Gefahr droht.

»Jesus, Jesus! Immer noch gut in Form, wie ich gemerkt habe.«

Er zuckt kurz mit dem Arm, widersteht aber der Versuchung, Jesus am Oberarm zu fassen und spielerisch die Muskeln zu fühlen. Das wäre ihm doch zu vermessen.
»Was wolltest du eigentlich hier?«, fragt er stattdessen.

»Ich weiß das auch nicht mehr so genau.«
Jesus schaut in seinen Einkaufswagen. Der ist akkurat zu einer Hälfte gefüllt mit Rasierschaumdosen, zur anderen mit Galia Melonen.

Pfarrer Jakob schaut Jesus fragend an. Dieser zuckt entschuldigend die Schultern und schaut sich kurz um. Dann lässt er den

Wagen mit einem leichten Schubs durch die Gänge mit Tiernahrung davon rollen. Er kommt vor dem Schild *HEUTE 20% AUF ALLES* zum Stehen.

»Was habe ich mir wieder dabei gedacht?«
Jesus schüttelt den Kopf und folgt dem Geistlichen Richtung Ausgang. Er hatte doch in die Kirche gehen wollen!

Vor dem Geschäft ist ein kleiner Tumult entstanden. Die Polizei sichert den Bereich um die brennende Imbissbude, während die Feuerwehr mit den Löscharbeiten beginnt. Es riecht intensiv nach Hähnchen.

Am VW Bulli der Polizei lehnt Joe, der Besitzer des Hähnchenwagens und erzählt der blonden Polizistin mit dem langen Zopf, wie es zu dem Brand gekommen ist. Nein, er habe nichts falsch gemacht. Kein technischer Defekt. Er sei gerade dabei gewesen, ein Hähnchen zu halbieren, als sich der Himmel plötzlich verdunkelte. Die Polizistin nickt und tut so, als ob sie mitschreibt. Als Joe laut und aufgeregt von dem überraschenden Gewitter und dem Blitzschlag erzählt, nicken einige der anwesenden Schaulustigen eifrig und gestikulieren mit den Händen.

›Hühner-Joe‹ blickt unvermittelt auf und Jesus direkt in die Augen. All seine Aufregung verfliegt in Sekundenbruchteilen. Seine Schultern sacken nach unten und er bedankt sich bei der Polizei und der Feuerwehr für ihre Hilfe. Dann geht er langsam zurück zu den qualmenden Resten seines Wagens und beobachtet die weiteren Löscharbeiten.

Jesus schaut Joe mitfühlend an. Dass sein Vater es einfach nicht lassen kann, sich immer so in Szene zu setzen. Das war genauso, als er damals zwischen dieser Stadt und Osnabrück als ›Friedensreiter‹ unterwegs war.

Seine Gedanken wandern zurück in die Mitte des 17. Jahrhunderts und zu seinem treuen Esel Nikolas. Seit mehr als einem Jahrtausend waren die beiden damals schon unterwegs und unzertrennliche Freunde geworden. Es war die Zeit des 30-jährigen Krieges, der das Land und die Menschen zermürbte.

Nach vielen ›Einmischungen‹ in die Geschichte der Menschheit hatte Jesus sich vorgenommen, dieses Mal noch mehr Zurückhaltung zu zeigen. Er wollte den Menschen den Weg aus der Not zeigen, ohne zu sehr einzugreifen. Ähnlich wie beim Konzil in Nicäa wollte er die Rolle eines ›aktiven Beobachters‹ einnehmen.

»Jakob, habe ich dir schon erzählt…?«, beginnt Jesus. Der Pfarrer blickt genervt gen Himmel, besinnt sich dann schnell eines Besseren und antwortet: »Bestimmt! Aber erzähl ruhig!«

Beide spazieren über den Schlossplatz zur Kirche.

»Ja! Genau hier war es, vor knapp 400 Jahren! Nikolas und ich waren im Dienste des westfälischen Friedens unterwegs. Nikolas kann so schnell sein wie ein Pferd, wenn er will. In dem Schloss dort fanden schließlich die Friedensverhandlungen statt. Kaiser und Könige aus ganz Europa waren anwesend, sogar eine Frau, die schwedische Kaiserin.«

Jakob bleibt abrupt stehen, als das Glockenspiel vom Schloss her tönt: ›Die Gedanken sind frei‹ wendet sich Jesus zu. »Dort? In dem Schloss?«

Jesus nickt und schaut versonnen über den großen Platz. »Ich weiß es noch wie heute…«

»Da? Wirklich da?«

»Hörst du schwer? Ja, da! Ich höre noch das Getrappel von Nikolas' Hufen auf dem Pflaster.«

»Du meinst den westfälischen Frieden 1648?«

Jesus nickt vehement.

»Weißt du, wer das Schloss erbaut hat?»

»Johann Conrad Schlaun, 1767 bis 1787.« Jesus setzt eine Triumphmine auf. »Genau zwanzig Jahre, toll, nicht wahr?»

»Und dir fällt nichts auf?«

Jesus grübelt, schaut zum Schloss und wieder zu Jakob. »Ja, ein bisschen verändert hat es sich schon.»

»Jesus!« Der Pfarrer ist am Ende seiner Geduld. »Das Schloss wurde über 100 Jahre nach dem westfälischen Frieden gebaut!»

»Meine Güte, bist du kleinlich! Was ist heute nur los mit dir? Dann habe ich mich eben geirrt. Genau, jetzt weiß ich es wieder. Es war im Rathaus. Hier in der Innenstadt. Na und?« Jesus wirkt gereizt, so kennt Jakob ihn gar nicht.

»Ach, nichts. Komm, lass uns weitergehen.«

Beide nehmen ihren Weg zur ›Friedenskirche‹ wieder auf. Jakob schüttelt unmerklich den Kopf. Langsam wird es schlimmer mit der Vergesslichkeit seines Schützlings.

Während beide schweigsam und gedankenverloren am Schlossplatz vorbeigehen, gehen wir noch einmal kurz 2000 Jahre zurück.

Jesus erscheint dem ersten Kreuzritter

Fabius Octopus wälzt sich in seinem Bett. Seit dem Würfelspiel vor einer Woche träumt er ständig von Pontius Pilatus. Nein! Nicht diese Art von Träumen!!!

Er träumt immer und immer wieder die gleiche Szene: *Der sabbernde Stadthalter, der Rotwein, der ihm am Kinn herabläuft und auf der weißen Tunika über den dicken Bauch nach unten fließt. Die beiden Sklaven, die von rechts und links versuchen, den Fluss des Rotweins einzugrenzen und nach links und rechts wegwischen. Und das Resultat: Ein perfektes rotes Kreuz auf weißem Tuch. Das Getrappel der Pferde auf den Steinen auf dem großen Platz.*

Irgendetwas fügt sich da für ihn noch nicht zusammen...

Unvermittelt kommt ein starker Wind auf und weht die schweren Vorhänge zur Seite. Ein helles, warmes Licht fällt durch die Öffnung des großen Fensters. Das Licht ist so hell, dass der übermüdete Fabius Octopus nicht hineinsehen kann. Er muss die Augen zusammenkneifen. Dort, wo das Licht auf den Boden fällt, erkennt er schwach ein paar Sandalen, die sich sehr schnell auf ihn zu bewegen.

Plötzlich erlischt das helle Licht, die Sandalen bewegen sich hastig auf sein Bett zu. Über den Sandalen erkennt er im Licht des Sternenhimmels schwach eine menschliche Gestalt, in ein weißes Tuch gehüllt.

»Hoppla!«, sagt diese Gestalt, als sie gegen den Tisch stößt, der krachend umfällt. Dann hat sich die Gestalt offensichtlich wieder gefangen, ihr Körper strafft sich.

Es ist Jesus. Er wirft seine Kapuze nach hinten und lässt sein welliges Haar herausquellen. Dann hebt er beide Hände in die Luft, wie zu einer Predigt. Aber er lässt sie schnell wieder sinken, als er bemerkt, wie der Mann in dem Bett verängstigt die Bettdecke über sein Gesicht zieht.

»Fürchte dich nicht! Ich bin bei dir«, beginnt Jesus in seiner geübten Predigerstimme. »Du hast meinen Tod am Kreuz abgewendet. Einem Zufall, einem Würfelspiel, ist es zu verdanken, dass mein Leben gerettet wurde.«

In seiner Stimme schwingt ein Unterton, aus dem unklar bleibt, ob es nun ein Vorwurf oder Dankbarkeit ist.

Während der Mann im Bett immer noch starr da liegt, räuspert sich Jesus bedeutungsvoll und fährt fort:

»Ich habe eine Botschaft für dich, Fabius Octopus. Folge mir, und du wirst alles das finden, wonach du dich immer gesehnt hast.«

Der Tuchhändler horcht auf. Das ist eine Botschaft nach seinem Geschmack. Er sieht sich schon als Besitzer eines riesigen Landsitzes, umringt von schönen Frauen, den Keller voller Gold. Dazu eine kleine Armee von Reitern, die ihn und seinen Reichtum beschützen. Ihre Fahnen flattern im Wind, wenn sie über die

grünen, fruchtbaren Wiesen galoppieren, rotes Kreuz auf weißem Grund.

Jesus sieht den gierigen Blick in den Augen des Römers. War
seine Botschaft nicht deutlich genug gewesen? Seine Anhänger
haben ihn doch sonst auch immer verstanden. Was hat er denn
jetzt gesagt, dass der Tuchhändler nur an seinen eigenen Reichtum denkt? Er hebt noch einmal seine Arme, hält sie ausgestreckt hoch und holt tief Luft.

Unvermittelt beginnt er, von innen heraus, zu leuchten. Er schaut
irritiert an sich hinab, dann verschwindet er mit einem leisen
»pffffft« nahezu geräuschlos in dem Nebel, der nun das Zimmer
erfüllt.

Wie aus der Ferne hört Fabius Octopus noch die Worte: »Vater,
mein Vater, warum hast du das getan?«, dann ist es still im Zimmer.

Der Römer richtet sich schlaftrunken auf. Seine Augen sind weit
aufgerissen, sein Puls rast. Jetzt macht das alles einen Sinn für
ihn. Die Gedanken, die ihn seit einer Woche nicht mehr losge-
lassen haben. Er muss diesen Jesus finden! Nach seiner ›Befrei-
ung‹ hatte dieser sich ja einfach auf und davon gemacht.

Und dann dieser Auftritt! Die Geschichten waren also wahr! Das
ist tatsächlich ein König, ein mächtiger König. Und er, Fabius
Octopus, der Tuchhändler, ist auserwählt worden, Jesus zur
Macht zu verhelfen und seine Belohnung dafür wird angemessen
sein. Nein, mehr noch! Einzigartig!

Mit einem zufriedenen, selbstgefälligen Lächeln, wie er selbst es bei Pontius Pilatus immer verabscheut hat, zieht er die Bettdecke über sich, rollt sich auf die linke Seite und schläft ein. Er träumt von Gold und Reichtum.

Am nächsten Morgen steht er mit dem ersten Sonnenstrahl auf und beginnt mit seiner Suche. Er fragt im Tempel, im Palast, in der Kaserne, bei den Händlern, überall. Doch der Zimmermann ist nirgendwo in Jerusalem zu finden. Auch viele seiner Getreuen, so erfährt er, haben nach und nach die Stadt verlassen.

Fabius beschließt, seine Suche auszuweiten. Er bittet Pontius Pilatus um Hilfe. Pilatus ist von diesem Plan zunächst nicht begeistert, er fürchtet, ein wiedergefundener Jesus könne ihm die gleichen Probleme bescheren wie damals ein inhaftierter Jesus. Doch nach anfänglichem Zögern lässt er Fabius gewähren.

Der stellt mit Hilfe von Longinus eine Reiterarmee auf, deren Aufgabe es ist, den verschwundenen Jesus zu suchen. Der Stadthalter ist allerdings der Meinung, dass dies ein aussichtsloses Unterfangen ist. Wer nicht gefunden werden will, wird auch nicht gefunden.

Fabius Octopus jedoch ist seit der nächtlichen Begegnung von einer ungeahnten Energie beseelt. Er heuert Männer an, deren Aufgabe es ist, herauszufinden und niederzuschreiben, woher dieser Jesus kam, wann und wo er unterwegs war, wer seine Begleiter waren. Und natürlich, seinen Aufenthaltsort zu ermitteln. Allein dies aber bleibt ihm versagt.

Im Jahre 33, gerechnet ab dem Geburtsjahr Jesus, das er als Ausgangspunkt für seine Zeitrechnung nimmt, gründet er feierlich den Orden der Kreuzritter. Ihr Banner ist, wie könnte es anders sein, ein rotes Kreuz auf weißem Grund. Die Aufgabe des Ordens ist es, Jesus aufzufinden und ihn zum König Jerusalems zu krönen. Bis dahin ist es Aufgabe eines jeden Kreuzritters, leise, aber nachdrücklich, alle möglichen Reichtümer anzuhäufen und zu vermehren. Sie sollen dem künftigen König einen angemessenen Start ermöglichen. Und nebenbei natürlich auch den Reichtum ihres Ordensgründers erhöhen.

Im Jahre 53 der von ihm eingeführten Zeitrechnung, endet die Geschichte des Fabius Octopus. Er stirbt an den Folgen einer Stichverletzung, die er in Judäa erlitten hat. Bei einem Würfelspiel im Palast fiel ihm unglücklicherweise ein ›Ersatzwürfel‹ aus dem Ärmel, als er seinen Gewinn vom Tisch einstreichen wollte.

Ein unrühmliches Ende für den Mann, der den Orden der Kreuzritter begründete, der auch heute immer noch besteht.

Einen anderen Weg war Petrus gegangen. Der hatte seine Chance genutzt, als Jesus aus dem Kerker entlassen wurde und war an den Wachen vorbei entwischt. Er folgte Jesus zuerst heimlich, auf Abstand, aber er ließ ihn nicht mehr aus den Augen. Wochen später gab er sich später in einem Dorf in der Wüste zu erkennen. Er wurde einer der engsten Vertrauten Jesus und der Begründer der heutigen Institution Kirche.

Jesus auf dem Weg zur Kirche

Fast 2000 Jahre später und etwa 3000 Kilometer weiter nordwestlich geht Jesus mit Pfarrer Jakob, der früher Peter Mühlberg hieß, am Studtplatz vorbei zur ›Friedenskirche‹ hinauf. Er grübelt immer noch, welchem spontanen Einfall er den prall gefüllten Einkaufswagen mit Melonen und Rasierschaum zu verdanken hatte. Es will ihm partout nicht einfallen.

Dass er sich an weiter zurückliegende Sachen manchmal nicht mehr so gut erinnert, daran hat er sich inzwischen gewöhnt. Keiner hat ja auch so viel erlebt wie er. Vielleicht will er sich aber auch gar nicht mehr erinnern? Auf diesen genialen Gedanken hat ihn der treue Begleiter an seiner Seite gebracht, und den will er gelegentlich weiterverfolgen. Wenn er es nicht vergisst.

Aber erst einmal: Wieso Melonen und dieses Dosenzeug? Dingens, ähm … Verzweifelt sucht er das richtige Wort. Neumodischer Kram! Früher war alles viel einfacher!

»Johannes!« Er wendet sich an seinen Begleiter. »Was wollte ich gerade noch einmal einkaufen? Melonen und was noch?« Er blickt den Pastor fragend an.

»Jakob!»

»Quatsch! Ich meine die Dosen, außen blau und innen ganz weiß.»

»Ich heiße Jakob!»

»Das weiß ich doch! Hörst du überhaupt nicht zu? Ich habe dich gefragt, was ich in dem Einkaufskorb hatte.«

»Wagen!«

»Maden?! So ein Unfug! Jetzt ist aber Schluss, Johannes. Du sollst mich nicht zum Narren halten, nur, weil ich hin und wieder einmal etwas vergesse!«

»Hin und wieder?!« Jakob bleibt stehen und rollt die Augen nach oben. »Mein geliebter Jesus. Ich heiße JAKOB, und es war ein EinkaufsWAGEN und kein Korb, er hatte Räder.«

Jesus ignoriert, dass Jakob stehen geblieben ist und geht weiter.

»Und,« fragt er, »was war jetzt in meinem Einkaufswagen, lieber Jakob?« Er betont ›wagen‹ und ›Jakob‹ besonders.

Jakob sprintet hinter ihm her, um die verlorenen Meter wieder aufzuholen. Als er gerade bei Jesus angekommen ist und den Mund öffnet, um zu antworten, bleibt Jesus abrupt stehen.

»Wo wollen wir überhaupt hin? Das ist nicht der Weg zum Supermarkt.«

Jakob erhascht flüchtig einen bösen Blick, dann bleibt auch er stehen. Während er noch eine trotzige Antwort formuliert, grummelt es leicht in den Wolken über ihnen. Er besinnt sich und verzichtet auf eine Antwort.

»Mein lieber Freund, wir wollten in die Kirche zum täglichen

Gebet. Da vorne ist es schon.«

»Ach ja. Was sonst auch sollte man machen an so einem herrlichen Samstag.«

»Donnerstag!«, murmelt der Pastor leise vor sich hin und schaut ängstlich zum Himmel. Alles bleibt ruhig. Kein Donnerwetter.

Die Kirche ist ein wenig spektakulärer Bau, dessen Ursprung bis in die erste Jahrtausendwende zurückgeht. Sie wurde mehrfach Opfer von Feuerkatastrophen, blieb im zweiten Weltkrieg aber von Bombentreffern verschont, so dass ihre jetzige Gestalt im Großen und Ganzen auf das 14. Jahrhundert zurückgeht. Kleine Um- und Anbauten im Laufe der Jahrhunderte geben ihr ihr heutiges Aussehen.

Viel beeindruckender als ihr Äußeres ist jedoch das Innere. Jakob öffnet vorsichtig die schwere, mit einem Rosenornament versehene, Holztür an der Westseite der Sakristei.
Sie ist schwergängig und quietscht! Wie immer. Jakob zieht die Schultern hoch und drückt sich fester gegen die Tür, die unter schrillen Tönen wie aus einer kaputten Flöte langsam nachgibt. Merkwürdigerweise quietscht sie nie, wenn Jesus sie öffnet, nur bei ihm. Und den wenigen anderen, die einen Schlüssel dazu haben.

Die Sonne bemüht sich, durch die Fenster in das Kirchenschiff zu sehen. In allen möglichen Farben leuchten die Glasmalereien auf. Von Osten nach Westen, einmal im Kreis, zeigen die Fenster die Suche der Kreuzritter nach Jesus im Verlaufe der letzten 2000 Jahre. Die Namen der wichtigsten Obersten Kreuzritter sind unten in den Fenstern zu lesen. Das letzte Fenster, wieder an der Ostseite angekommen, ist weiß. Dieser Platz ist für das letzte, endgültige Bild reserviert: Die Kreuzritter finden Jesus und krönen ihn. So sagt es die Legende.

Wenn die Menschen wüssten, dass Jesus schon längst mitten unter ihnen ist, heimlich beschützt und beobachtet vom Vatikan und bespitzelt von den Kreuzrittern. Jakob schüttelt seine Gedanken ab.

Mit seinem Taschentuch wischt er imaginären Staub von der Kirchenbank und bittet Jesus mit einer Handbewegung, Platz zu nehmen. Der aber bleibt mit offenem Mund stehen, seine Augen starr auf die Marienstatue mit dem Jesuskind gerichtet.

»Ich erinnere mich an Ihre Beerdigung. Das war für mich ein trauriger Tag. Irgendwann im Oktober oder November 42 in Palmyra. Auch hier waren Kreuzritter auf der Suche nach mir. Sie hatten guten Grund mich hier zu suchen. Wenn ich damals doch nur gewusst hätte, dass sie nichts Böses von mir wollten, dann hätte sich bestimmt einiges geändert in der Geschichte der Menschheit.«

Jakob nickt abwesend und Jesus erzählt weiter.

»Meine Mutter war mir gefolgt, als ich aus Jerusalem geflohen war, aber sie hatte mich nicht mehr rechtzeitig gefunden, um mir vor Ihrem Tod noch ihr Geheimnis zu verraten. So hatte ich mich zu ihrer Beerdigung mit Josef getroffen. Er war in tiefer Trauer und bat mich um eine Unterredung noch vor der Trauerzeremonie. Es sagte, es sei sehr wichtig, dass er mir ein Familiengeheimnis verrate. Familie! Was man so darunter versteht!!«

Der Pastor schreckt aus seinen Gedanken auf, die Geschichte hat er schon Dutzende Male gehört, er kennt sie fast auswendig. Seine Gedanken waren gerade beim geplanten Kauf eines neuen Handys. Schwarz oder weiß? Passend zum Gewand?

»Es regnete in Strömen«, fährt Jesus fort, »als er mich an einer Straßenecke in einen Hauseingang zog und auf mich einredete. Wirres Zeug von Enthaltsamkeit, Anderssein und göttlichem Eigensinn. Ich glaube wirklich, dass er damals glaubte, ich wisse noch nicht von meiner göttlichen Herkunft. Oder er war sich selbst nicht sicher, ob er nun mein Vater war oder nicht. Jedenfalls redete er wirres Zeug und ich hatte damals gar nicht verstanden, was er mir damit sagen wollte. Vielleicht lag es auch daran, dass der Wein seine Zunge beschwert hatte und die Trauer meinen Kopf.«

Jakob nickt flüchtig, abwesend.

»Als wir wieder auf die Straße traten, galoppierten Reiter an uns vorbei. Sie waren auf dem Weg zu ihrer Vereidigung. Kreuzritter. Das Pferd des Fabius Octopus hätte mich überrannt, wäre da nicht ein Straßenköter dazwischen gelaufen. Es bäumte sich auf und verfehlte mich nur knapp. Der Reiter nannte mich einen blinden Narren und galoppierte davon. Das war wirklich das erste und einzige Mal das wir uns begegnet sind. Das Treffen im Schlafzimmer einmal ausgenommen.«

Jesus schüttelt wie ungläubig den Kopf, Jakob schüttelt ihn reflexartig im gleichen Takt.

»Dann haben wir sie zu Grabe getragen, meine Mutter. Das war der schwärzeste Tag in meinem Leben. Einer davon. Von zu vielen.«

Jesus blickt nach oben.
»Vater im Himmel, wieso kann ich gerade das nicht vergessen? Wenn schon keine richtige Demenz, dann bitte wenigstens eine Teilamnesie!!!«

Jakob schreckt aus seinen Gedanken hoch und schaut sein Gegenüber ungläubig an. Was hat er da gerade gehört?

Die Kerzen am Opferstock verlöschen plötzlich, die Sonne zieht sich zurück, es wird dunkel. Jakob schwant ein weiteres Donnerwetter.

»Johannes, was würde ich nur ohne dich tun? Du hast so viel Verständnis für mich. Für alle!«

»Jakob!«

»Ja, für den auch. Ich sagte ja, für alle!»

»Ich bin Jakob.«

Der Pastor lässt resigniert die Schultern hängen.

»Ja, ich weiß. Und ich bin Jesus. Ich bin über 2000 Jahre alt und habe langsam das Gefühl, dass meine Aufgabe mich hier überfordert. 200 Jahrzehnte sind einfach zu viel. Hätte ich mich nur nicht darauf eingelassen. Und du, du bist mir auch keine große Hilfe, Johannes!«

»J...«

Jakob setzt zu einer Antwort an, gibt aber auf.
Als er vor vierundzwanzig Jahren dem ›eventuellen Sohn Gottes‹ als Begleiter zugeteilt worden war, hatte das alles noch anders ausgesehen. Jesus hatte damals noch über eine mitreißende Dynamik verfügt. Erst später hatten sich Müdigkeit und Verzweiflung dazu gemischt. Aber seit zwanzig Jahren, also ziemlich genau seit dem Jahrtausendwechsel, hat Jakob das Gefühl, Jesus habe resigniert.

Verdenken kann er es ihm nicht, wenn er sich vor Augen führt, wie lange Jesus jetzt an seiner Aufgabe, der Menschheit das Wort Gottes zu verkünden, arbeitet. Ja, Arbeit war das wirklich. Das wusste ja schon jeder Gemeindepfarrer. Und wie viele Rückschläge hatte er wohl schon hinnehmen müssen, trotz göttlicher Unterstützung und seiner wunderbaren Fähigkeiten.

Jakob seufzt leise. Für ihn ist es keine Frage, dass der Mann neben ihm der Sohn Gottes ist. Die Jahre an seiner Seite haben ihm Augen und Ohren, Seele und Herz geöffnet. Die Zweifel, die er bei der Beauftragung durch den Papst im April 1998 noch gehabt hatte, sind längst verflogen.

Damals, an dem Montag, der sein Leben für immer veränderte, hatte um sechs Uhr früh sein Telefon geklingelt. Sein Bischof hatte ihn zu sich beordert. Er solle das Nötigste zusammenpacken und sich mit dem Gepäck zur Mittagszeit bei ihm einfinden. Jakob hatte das aber zunächst für einen Aprilscherz seiner Ordensbrüder gehalten und sich wieder hingelegt. Er hatte sich die Bettdecke über die Ohren gezogen und war wieder eingeschlafen. Während er gerade in den nächsten Traum hinabtauchen wollte, war sein Wecker plötzlich angegangen. Eine Stunde zu früh!

So oft er auch auf die Schlummertaste gedrückt hatte, das Weckgeräusch, ein drei Mal krähender Hahn, hatte nicht verstummen wollen. Genervt hatte er versucht, den Stecker aus der Wand zu ziehen, was zur Folge hatte, dass der ganze Nachttisch umgekippt war. Aus irgendeinem Grund war dann auch noch in der Küche das Radio angegangen. »Born to be wild«, hatte es in voller Lautstärke durch seine Wohnung gescheppert. Er hatte es dann für besser befunden, doch aufzustehen. Als alle Geräte ausgeschaltet waren, hatte draußen ein Hahn gekräht. Einmal.

Etwas verunsichert hatte Jakob dann doch noch beim Bischof zurückgerufen, um sich die Ernsthaftigkeit des Anrufs bestätigen zu lassen und war dann losgeeilt. Bus bis Bamberg. Ring küssen, Mittag essen. Endloses Gespräch. Ring küssen. Bus zum Bahnhof. Zug nach Rom. Ring küssen. Ring küssen. Papstaudienz am Freitag. Das war eine hektische Woche gewesen, gekrönt mit dem Auftrag des ›heiligen Vaters‹ sich um diesen *möglicherweise echten Sohn Gottes* zu kümmern und Beweise für seine Göttlichkeit zu finden. Oder Gegenbeweise. So, wie es schon seit Jahrhunderten die Aufgabe seiner Vorgänger gewesen war.

Damals hatte der Pfarrer noch nicht gewusst, dass es sich bei all den bisherigen Observationen immer um denselben *möglicherweise echten Sohn Gottes* handelte.

Jakob schaut neben sich. Ist Jesus eingeschlafen? Ganz still sitzt er da auf der Bank. Jakob schaut sich in der Kirche um, vermeidet, warum auch immer, den Blick in das steinerne Gesicht der Mutter Gottes mit dem Jesuskind. Die Wolken haben sich verzogen, buntes Licht flutet durch die Scheiben über den Boden der Kirche und leckt an den Bänken hoch. Sie erstrahlen wie von Zauberhand gefärbt in den verschiedensten Farben. Das ist einer der Gründe, weshalb der Pastor diese Kirche besonders liebt.

Jesus räkelt sich und dreht sich zu ihm.

»Johannes!«

Jakob blickt ihn genervt an.

»Johannes, der war auch so einer. Du erinnerst mich an ihn. Was ist wohl aus ihm geworden?«

»Ach den Johannes meinst du…!«

Der Pfarrer zieht erleichtert und elegant sein iPhone aus der Tasche. »Moment! Habe es gleich. Wikipedia! Johannes! Und tack! Und tack! Da! Da ist er.

Johannes der Täufer. Bla bla bla. Und hier! Im Jahre 38 wird dann Johannes von Fabius Octopus zum Obersten Kreuzritter ernannt und verfasst zwei Jahre später das Buch *Suche und Glauben* die spätere ›Heilige Schrift‹ der Kreuzritter.«

»Quatsch!«

»Nein! Hier steht alles, sieh doch! Weißt du es denn nicht mehr?«

»Doch, aber der Johannes, den ich meine, arbeitet im Supermarkt und bringt mir immer meine Einkäufe nach Hause. Ich war lange nicht mehr einkaufen …«

»Ja, vielleicht sollten wir mal wieder hingehen. Melonen und Rasierschaum kaufen.«

Jakob kann der Versuchung, zu sticheln, einfach nicht mehr widerstehen.

»Quatsch! Aber ich habe geplant, im Supermarkt ein Wunder zu wirken. Eines, das die Welt staunen lassen wird.«

Jakob horcht kurz entsetzt auf, dann sieht er, wie Jesus grinst und grinst ebenfalls. Jesus zeigt auf einen kleinen Metallknopf unter der Kirchbank.

Unten auf der Straße lässt Elisabeth Kleingärtner, unter Kollegen kurz »Elli« genannt, also hier immer noch Frau Kleingärtner, erschrocken ihre Pommes fallen. Sie greift zum Kopfhörer, den sie zum Essen abgesetzt hatte.

»Ein Wunder!«

Hatte sie das richtig gehört? Sie musste das sofort melden. Das war wichtig. Dieser Tag könnte den endgültigen Beweis liefern, ob sie hier in Münster den tatsächlichen Sohn Gottes beschatten oder ob das wieder nur ein falscher Hinweis der Kirche war. Seit Jahrhunderten besteht dieser Wettstreit, wer zuerst den wahren Sohn Gottes findet. Und die Kirche hat sich bislang durch wenig Aktivität, aber um so mehr Desinformation ausgezeichnet.

Während sie die Tonbandaufzeichnung sichert, per Mail versendet und dann zum Hörer greift, wendet sich wenige Meter von ihr entfernt Jakob wieder Jesus zu.

»Du sollst diese Kreuzritter doch nicht so ärgern! Die machen doch schließlich nur ihren Job. Sie suchen dich. Und sie haben dich doch auch schon gefunden. Warum gibst du dich nicht einfach als Sohn Gottes zu erkennen? Die jahrhundertealte Suche hätte ein Ende.«

»Und du wärest arbeitslos!«

»Ja, vielleicht. Aber nein! Ich hätte ja immer noch meine Gemeinde.«

»Aber mich wärest du los. Und ich säße irgendwo auf einem Thron und würde die Welt regieren. Diese Welt hier! Nein, die ist noch nicht reif für mich. Ich werde weiter im Kleinen meine große Aufgabe erfüllen. Steter Tropfen höhlt den Stein!« Er steht auf. »Bis zur Messe ist es noch Zeit, lass uns spazieren gehen. Ich erzähle dir, was ich in der Zeit gemacht habe, als dein Johannes im Jahre 38 Oberster Kreuzritter wurde. Und vielleicht erzähle ich dir auch von meinem Treffen mit Kaiser Constantin in Rom. Und natürlich von dem geplanten Wunder.«

Er zwinkert und deutet auf das Mikrofon.

In dem zur Abhörzentrale umgebauten Bäckerwagen bricht Hektik aus. Elisabeth Kleingärtner hat ihre Pommes vergessen. Nur eine Fritte hält sie selbstvergessen noch in der Hand.

Der Mann plant ein Wunder. Das muss dokumentiert werden! Richtmikrofone raussuchen! Verfolgen!
»Verstärkung zur Friedenskirche!«
Sie sendet auf allen Kanälen. Hastig zieht sie ihre Sportschuhe an und stürmt aus ihrer rollenden Einsatzzentrale.
Sie kann das Paar im Park sehen. Also locker hinterherlaufen, das Mikro immer auf die Zielperson gerichtet.

Jesus blickt kurz nach hinten. Die Kreuzritterin erhascht seinen Blick, kommt aus dem Takt und stolpert. Jesus grinst erneut. Er liebt es, kleine Späßchen mit seinen heimlichen Verfolgern zu treiben. Dann beginnt er, die Geschichte zu erzählen, wie er dem römischen Kaiser das Wort Gottes brachte. Der Pfarrer hört ohne großes Interesse zu.

»Nachdem ich aus Jerusalem geflohen war, war dort die Hölle los. Der Stadthalter wurde beschuldigt, er habe mich freigelassen und wäre seinen Pflichten als Repräsentant Roms und oberster Gerichtsherr nicht nachgekommen. Er konnte ja schlecht sagen, dass das alles einem Würfelspiel zu verdanken war. Aber er hat die ganze Kritik einfach ausgesessen und weggetrunken. Erst fünf Jahre später wurde er nach Rom zitiert und dort verurteilt.

In der Zwischenzeit bauten Fabius Octopus und danach Johannes die kleine Suchtruppe weiter aus. Unbeirrt von den Turbulenzen in Jerusalem, angetrieben durch meine nächtliche Ansprache.

Weißt du, er sah auch wirklich zu komisch aus, mit der Bettdecke über seinem Kopf …«

Pastor Jakob erweckt den Anschein, interessiert zuzuhören. In Wirklichkeit hat er die Geschichte schon viel zu oft gehört. Gleich kommt die Stelle, wo Jesus etwas zu früh von seinem Vater zurückgeholt wird. *Gebeamt* würde man heute sagen. Er hört dem sich immer mehr in Begeisterung redenden Jesus gedankenverloren zu. So gehen sie einige Zeit nebeneinander her, der eine redet, der andere schweigt. Der eine sportlich gekleidet, mit leichtem Bauchansatz, der andere in seinem schwarzen Gewand, blond und hochgewachsen.

Da bleibt Jesus abrupt stehen.

»Sie kommt nicht mehr mit«, sagt er zu Jakob gewandt und zeigt auf ›Elli‹, die nach Luft ringend an einem Baum lehnt. »Sie isst zu viel ungesundes Zeug, das macht langsam und dick. Und schau nicht so auf meinen Bauch!«

Jesus gibt Jakob einem freundlichen Stups gegen die Schulter und nimmt langsam seinen Weg wieder auf. Jakob geht schweigend neben ihm.

»Das Schlimmste nach meinem Auszug aus Jerusalem war ja die Erkenntnis. Die Erkenntnis, dass ich nicht einfach nur ein unglaublicher Glückspilz war, sondern, dass mein Vater für all diese Ereignisse in meinem Leben verantwortlich war. Dass er mich seit meiner Geburt heimlich beschützt und begleitet hat. Und es heute immer noch tut. Als würde ich nie erwachsen ...«

Jesus blickt traurig nach unten. In Gedanken geht er fast 2000 Jahre rückwärts, in die Zeit, in der er als junger Mann auf dem Weg war, sein eigenes Ich zu finden.

Seine Gedanken ziehen weiter Richtung Osten, der aufgehenden Sonne entgegen. Immer weiter. Fort aus Jerusalem, der Stadt mit den bedrückenden Erinnerungen.

Eingekerkert zu sein. So etwas hinterlässt Spuren. Verändert den Menschen.

Der brennende Dornenbusch

Irgendwo in der Wüste macht Jesus Rast. Die Vorräte an Nahrung und Wasser, mit denen der Esel glücklicherweise beladen gewesen war, als er ihn einfach von der Straße weg mitgenommen hatte, sind fast aufgebraucht.

Die Sonne brennt vom Himmel, nirgendwo ist eine Chance auf Schatten zu sehen. Jesus steigt vom Esel und gibt diesem aus dem Wasserschlauch zu trinken. Gedankenverloren streichelt er dessen graubraunes Fell.

Der Esel hebt zufrieden den Kopf und schaut Jesus mit großen Knopfaugen an. Der setzt sich und rückt in den Schatten des Esels. Ein wenig Kühlung wenigstens. Dort hinten, Jesus schützt mit der flachen Hand die Augen, muss das Meer der Wüste sein, das salzige Meer. Dort hofft er auf einen alten Freund, einen Nabatäer, zu treffen, der ihm Unterschlupf gewähren kann. Er braucht Zeit, um nachzudenken.

Die Sonne brennt, der Sand wird immer heißer. Ungewöhnlich heiß. Jesus schaut in die Richtung, in die nun auch der Esel verstört blickt. Der trockene Busch, an dem sie eben vorbeigekommen waren, brennt. Jesus steht auf und geht langsam darauf zu. Irgendetwas macht ihn stutzig.

Die Farbe, ja, die Farbe der Flammen ist ungewöhnlich. Der Busch brennt in allen Farben des Regenbogens. Und er scheint gar nicht aufhören zu wollen.

Jesus hockt sich im Schneidersitz vor den Busch und schaut ihn fasziniert an. Das Feuer scheint gar nicht heiß zu sein, obwohl der Bereich um den Busch immer wärmer wird. Er streckt vorsichtig eine Hand in die Flammen. Sie fühlen sich kalt an, aber sein Ärmel gerät mit einer Stichflamme in Brand. Er weicht zurück und klopft hastig mit der linken Hand das Feuer aus.

»Fürchte dich nicht!«, sagt der Busch.

Jesus blickt verdutzt in die Flammen.

»Redest du mit mir?«

»Ja, mein Sohn. Oder glaubst du, ich würde mich mit einem Esel unterhalten?«

»Was soll das alles?«

Ohne jede Scheu rückt Jesus wieder näher an das Feuer.

»Jesus, ich bin dein Vater!«

Wie ein Donnerhall klingt jetzt die Stimme, der Busch lodert kurz in allen Farben auf, um dann in einem glänzenden, schwarzen Feuerball zu verharren. Der Ball umgibt den Busch wie eine durchsichtige Kugel, Jesus glaubt, darin weiße Punkte, Sterne ausmachen zu können.

»Ich bin, was war, was ist und was immer sein wird.«

Ein Donner lässt die Luft erzittern und ein Blitz schlägt aus dem eben noch lodernden Busch und trifft den Esel. Der glüht einmal kurz auf und verschwindet mit einem ›pfffft‹. Jesus schaut ungläubig auf die Stelle, wo er noch eben im Schatten des Esels gelegen hatte.

Glück gehabt!

»Nein, mein Sohn!« Jesus wendet sich dem Busch zu, der wieder zu sprechen begonnen hat. »Das hat überhaupt nichts mit Glück zu tun! Das ist dein Schicksal! Erinnerst du dich denn gar nicht mehr?!«

Die Stimme klingt genervt.

Jesus schüttelt verneinend den Kopf, als es hinter ihm ›plopp‹ macht und der Esel wieder an seinem Platz steht, als wäre nichts geschehen. Er kaut an ein paar Pflanzen, deren üppige grüne Blätter aus seinem Maul hängen.

»Was soll das alles?«, wiederholt Jesus seine Frage. Langsam weitet sich der um den Busch wabernde schwarze Feuerball aus, schließt zunächst Jesus ausgestreckte Hände ein, dann den ganzen Körper. Jesus weicht nicht zurück, es fühlt sich angenehm an, wohlig.

»Erinnere dich!«, sagt eine Stimme in seinem Kopf und langsam, sehr langsam beginnt der Sohn Gottes sich wieder zu erinnern. Ja, er war auf die Erde geschickt worden, um den Menschen das Wort Gottes zu verkünden. Aufgewachsen bei Zieheltern, Ausbildung zum Zimmermann, immer öfter im Mittelpunkt vieler Menschen, um seines Vaters Worte zu predigen. Bislang hatte er es doch wirklich gut gemacht. Und eine Menge Glück gehabt.

»Nein, kein Glück!«

Es donnert und blitzt. Von einem Moment auf den anderen überziehen Eiskristalle den Sand, die Wüste glänzt wie überzuckert. Der Esel kaut auf den plötzlich gefrorenen Blättern, die berstend zerbrechen, weiter.

Er schaut dumm.

»Beginne zu begreifen, wer du wirklich bist! Du musst wundern lernen und wundern lassen! Nur so kannst du deine Aufgabe erfüllen.«
Gottes Stimme rollt donnernd über den Wüstensand.

Das Wüsteneis fällt knisternd in sich zusammen, vor dem Esel wächst ein Büschel Hafer steil in die Höhe. Der Esel frisst es ab. Wundern. Ja, Jesus wundert sich. Was soll das alles? So recht kann er sich immer noch nicht erinnern, kann es gar nicht glauben, dass er anders sein soll als all die anderen Menschen, die er bisher getroffen hat. Schließlich hat er ja bereits einen Vater. Und eine Mutter. Und überhaupt, was ist, wenn die Menschen gar nicht hören wollen, was er zu sagen hat. Wie soll er Ihre Aufmerksamkeit gewinnen?

»Wundern!« Der Busch schüttelt leicht genervt die Blätter. »Bringe sie dazu, sich zu wundern, das Selbstverständliche in Frage zu stellen. Sie müssen erkennen, dass da nichts ist, das ewig bleibt, nichts, das man festhalten kann.« Seine Stimme erbebt. »Außer mir, dem Allmächtigen Gott! Und nun gehe hin und tue Wunder!«

Der Himmel wird schwarz, der Busch leuchtet hell auf, es donnert. Dann wird es still, die Sonne ist wieder zu sehen, der Esel, und der Busch. Dieser trägt jetzt grüne Blätter, die der Esel langsam und genussvoll verspeist.

Während Jesus' Stirn sich in Falten legt, als er gedankenverloren dem Esel zusieht, verschwinden hinter dem Hügel zwei Gestalten in Richtung Osten. Sie haben alles genau gesehen. Dieser merkwürdige Mann hat den Busch entzündet, Blitz und Donner geschleudert und die Wüste in Eis verwandelt. Das wollen sie jetzt in ihrem Dorf berichten.

Dieser ›merkwürdige Mann‹ steht langsam auf und wendet sich seinem Esel zu. »Komm Grauer, wir müssen weiter!«, sagt er. Widerstrebend lässt der Esel von den Blättern des Dornbusches ab und trottet folgsam auf Jesus zu.

Der streckt seine Hand aus und streichelt erneut das Fell des

Grauen. Dann schwingt er sich mit einem Satz auf den Esel und reitet weiter Richtung Osten. In der Ferne sieht er die zwei Männer in großer Eile davonrennen.

Als ob er sich von hinten beobachtet fühlt, schaut sich der eine um, erblickt Jesus auf dem Esel und fällt hin. Der andere stoppt, dreht um, hilft ihm schnell hoch und beide laufen gemeinsam weiter.

Wind kommt auf. Er bläst Mann und Esel feine Sandkörner entgegen, die in den Augen und der Nase brennen. Von weitem sieht Jesus, wie sich eine große Wolke aus Sand am Horizont bildet und langsam näherkommt. Ein Sandsturm? Das hat ihm jetzt gerade noch gefehlt.

»Schluss jetzt!«, ruft er und erschrickt sich selbst über die Vehemenz in seiner Stimme. Er streckt beide Hände der Sandwolke entgegen. Diese fällt nach kurzem Zögern mit einem Mal in sich zusammen. Jesus und der Esel schauen sich fragend an.

Der Esel blickt noch einmal nach vorne, wieder zurück zu seinem Reiter und dann wieder nach vorne. Ein leises Zittern läuft durch seinen ganzen Körper, dann nimmt er wieder seinen ruhigen Gang auf und schaukelt seinen Reiter Richtung totes Meer. Jesus schaut immer noch ungläubig auf seine Hände. Hat er das getan?

Der Spaziergang vor der Messe
Kaiser Konstantin

Jesus bleibt wieder stehen und blickt auf seine Hände. Auch der Pfarrer bleibt stehen. 50 Meter hinter den Beiden stoppt auch ihre Verfolgerin und versteckt sich hinter einer großen Buche. Ihr knallroter Jogginganzug gibt einen unharmonischen Farbkontrast zu der Farbe der Baumrinde ab. Leise flüstert Elli in ihr Smartphone. Dann streckt sie es mit der Hand vorsichtig hinter dem Baum hervor. Es macht unüberhörbar *Klick!*

Jesus und Jakob schauen interessiert in Richtung des Baumes. Ein gedämpftes »Mist!« dringt an ihr Ohr, dann schiebt Elli den kleinen Riegel auf ›lautlos‹. Und schon wieder lugen rotlackierte Fingernägel, eine Hand im roten Jogginganzug und ein, in der Sonne silbrig glitzerndes, Handy hinter dem Baum hervor. Während es ein Foto nach dem anderen schießt fängt das Smartphone plötzlich an, immer heißer zu werden. Mit einer Stichflamme glüht es auf und Elli lässt es schreiend fallen.

Eine Frau im grauen Kleid, die an Mary Poppins erinnert, lässt ihren schwarzen Kinderwagen rollen und eilt zur Hilfe. Auch ein Straßenkehrer, der kurz in seinen Besen zu sprechen scheint, hastet zu seiner Kollegin. Die so mühevoll aufgebaute Tarnung ist jetzt doch aufgeflogen.
Jesus reibt sich zufrieden lächelnd die Hände. Genug ist genug. Etwas mehr Respekt ihm gegenüber zu zeigen kann doch wohl nicht so schwer sein!

»War das nötig?«, fragt Jakob.

Mit einem kurzen »Ja!« beendet Jesus das Thema und setzt seinen Weg fort. Jakob blickt sich noch mehrfach nach dem Baum und der kleinen Ansammlung von enttarnten Geheimagenten um. Dann schüttelt er den Kopf und wendet seine Aufmerksamkeit wieder Jesus zu, der schon wieder mitten in einer seiner Geschichten ist.

»… mit Lactanius zusammen. Er war ein wirklich gebildeter Zeitgenosse, aber es war nicht einfach, mit ihm zusammenzuarbeiten. Ständig stellte er meine Erinnerungen an meine eigene Vergangenheit in Frage. Kannst du dir das vorstellen?«

»Oh ja, das kann ich gut.«

»Was meinst du? Ach, egal. Jedenfalls versuchte er seine eigenen Vorstellungen in sein Buch über das Schöpfungs-werk Gottes einfließen zu lassen. Seine Vorstellungen, obwohl ich doch da war!

Völlig besessen war er von dem vermeintlichen Widerspruch, dass es Gott und das Böse gleichzeitig gibt. Entweder müsse Gott die Übel beseitigen und könne es nicht: Dann wäre er schwach. Oder er könne es und wolle es nicht: Dann wäre er missgünstig. Oder noch schlimmer, er wolle es nicht und könne es nicht. In allen drei Fällen sei er kein ›richtiger‹ Gott. Und da es die Übel auf jeden Fall gebe, fragte er sich, ob es Gott wirklich gibt.

Irgendwie verstand er es nicht, dass der eigene Wille, und somit die Möglichkeit, das Leben selbst zu gestalten, das Geschenk Gottes an die Menschen war.

Gott will, dass ihr eine Wahl habt. Auch, ob ihr das Böse wollt oder nicht.

Letztendlich verstehe ich Lactanius ja auch. Er war ja, wie viele, nur ein Mensch auf der Suche nach dem Sinn des Lebens. Die Informationsquellen, die man damals zur Verfügung hatte, waren ja noch ganz anders, als das, was es heute gibt. So wie deine Ingrid, oder wie sie heißt.«

Das iPhone in Jakobs Tasche summt und leuchtet auf. Unter seiner Kutte meldet sich eine weibliche Stimme. Die automatische Spracherkennung *Inri* hat sofort reagiert. »Alles klar, Jakob, ich höre zu.«

Jesus nickt Jakob verschmitzt zu und ruft: »Bestelle Pizza! Zwei. Mit extra viel Pilzen. Heute Abend, 18 Uhr. Und Wein. Extra viel.«

Der Pfarrer greift unter seine Kutte und tastet hektisch nach dem Handy. »Stopp, Inri! Nicht bestätigen! Auftrag nicht ausführen!«
Wütend schaut er zu Jesus, der das kurze Intermezzo genutzt hat und wieder einige Schritte vor ihm ist. Und wieder mitten in seiner Geschichte.

Jakob holt ihn mit ein paar schnellen Schritten wieder ein und stopft das Handy zurück in die Tasche.

»… Er war es dann auch, der die Wahrheit über diesen Abend niederschrieb. Er kannte Constantin, den späteren Kaiser Roms, ja bereits aus seiner Zeit in Nikomedia. Die anderen Geschichten, die die Runde machen, sind reiner Unfug. Soll ich dir noch einmal von meinem weltbewegenden Auftritt in Constantins Schlafzimmer erzählen?«

»Unbedingt!« Jakob versucht, nicht zu viel Sarkasmus in der Stimme mitschwingen zu lassen. »Besonders die Stelle mit dem Fisch höre ich immer wieder gerne.«

»Schön, das freut mich. Die alten Geschichten lenken mich ein wenig ab. Da vorne ist eine Bank. Setzen wir uns!«

Eine rot gestrichene Holzbank unter einigen Birken verspricht ein sonniges, warmes Plätzchen. Sie gibt quietschend ein paar Millimeter nach, als sich beide Männer zeitgleich setzen.

Eine leere Pommestüte mit rot/weißem Aufdruck weht vorbei, kratzt leise über den Kiesweg. Nach wenigen Metern kollidiert sie mit einer leeren Burgerverpackung. Deren Deckel springt auf und wirkt wie ein Segel. Der Wind ergreift beide und weht sie in weiten Kreisen Richtung Abfalltonne, wo ein Mädchen mit blonden Zöpfen beides aufnimmt und in den Müll wirft.

Jakob hat das kleine Schauspiel fasziniert beobachtet, nun wendet er sich mit fragender Miene Jesus zu.

»Das war ich nicht!«, meint der scheinheilig, ohne hinzuschauen. Jakob ist sich nicht sicher, ob er das glauben soll. Aber… Jesus lügt doch nicht, oder?!

»Ja, das war auch so ein windiger Tag damals.« Jesus richtet sich gerade wieder in seiner Erinnerung ein. »Ich hatte dieses Vier-Kaiser-Treiben direkt in Rom mitverfolgt. Oft hatte ich mich gefragt, wann und ob der richtige Moment wäre, einzugreifen. Ich war sehr beschäftigt damit, in den kleinen verbotenen Gottesdiensten und den privaten Zusammenkünften das Wort Gottes zu verbreiten. Alles nur im Kleinen, denn meine Anhänger wurden verfolgt und ich wollte sie nicht gefährden. Du weißt gar nicht, was für eine Bürde das ist, Jakob!«

Jakob stutzt. Er hatte ihn tatsächlich bei seinem richtigen Namen genannt. Das erste Mal heute. Er versteht es doch immer wieder, sich die Aufmerksamkeit seiner Zuhörer zu verschaffen.

»Es war die Zeit, wo ich noch voller Enthusiasmus war, begierig, den Menschen zu predigen. Und in dem Glauben, dass sie letztendlich auch willens waren, mir zu glauben. An mich zu glauben, und damit an das Wort Gottes. Und ihr Leben zum Besseren zu ändern.

Nun ja, damals versteckten wir uns noch, tuschelten, hielten geheime Treffen ab. Unsere Glaubensgemeinschaft war offiziell verboten. Dann kam die Kunde von der bevorstehenden Schlacht. Constantin zog vor die Tore Roms. Dies konnte nur eins bedeuten: den Kampf um die Herrschaft, der mit dem Leben vieler Unschuldiger bezahlt werden würde. Ich fühlte, dass ich eingreifen musste. Einen Wendepunkt in der Geschichte schaffen. Nur hatte ich keine Ahnung, wie ich das anstellen sollte.

Die Zukunft ist auch für mich eine unbekannte Größe. Auch als Sohn Gottes. Sie baut sich auf unserem jetzigen Handeln auf. Auf meinem und natürlich auf eurem.

Ich kann mir leider keine blaue Telefonzelle nehmen und mal kurz in der Zukunft schauen, so wie dein geliebter Doktor Who.«

Der Pfarrer holt Luft, um etwas zu entgegnen, aber besinnt sich eines Besseren. Er setzt seine ›Erzähl-weiter-Miene‹ auf. Und Jesus erzählt weiter.

»Es war schon so ein kleines Déjà-vu. Nur war ich diesmal besser vorbereitet. Schließlich hatte ich ja dreihundert Jahre Zeit gehabt, mich an meine Fähigkeiten…

Sag mal, Johannes, du weißt doch, was ein Déjà-vu ist, oder? Das ist, wenn man glaubt, dass man etwas schon einmal…«

»Ja, ich weiß!« unterbricht ihn der Pfarrer. »Und ich heiße Jakob!»

»Ach so, na denn. Das kannst du dann ja gleich sagen, nächstes Mal! Also, irgendwie kam mir das alles schon bekannt vor, dieses französische Dingens, so als hätte ich es schon einmal erlebt. Hatte ich ja auch! Nur in einem anderen Schlafzimmer.«

Jesus kneift verschwörerisch das linke Auge zu, Jakob lächelt müde. Ja, er hat den Witz verstanden.

»Nur war ich dieses Mal besser vorbereitet, nach über dreihundert Jahren Übung mit meinen Fähigkeiten. Aber das hatte ich ja schon gesagt. Also, ich entschied ich mich, diesen Kaiser Constantin einmal aufzusuchen. Oder eher heimzusuchen, wie er es wohl genannt haben wird. Ich konnte in der Nacht eh nicht schlafen, mit dem Wissen, dass da vor den Mauern Roms andere

Römer und Legionäre darauf warteten, in Rom einzudringen und die dortigen Römer und Legionäre zu töten. Und nebenbei noch Frauen und Kinder, die sich ihnen in den Weg stellen würden. Oder auch nicht in den Weg stellen, sondern einfach nur zur falschen Zeit am falschen Ort sein würden. Ich hatte Bilder vor Augen, einfach schrecklich. Krieg ist so grausam, und ihr Menschen benutzt ihn immer wieder, um eure Interessen durchzusetzen.

Ich war wieder einmal sicher, das wäre der Wendepunkt der Geschichte. Wenn ich da eingreifen und ein Blutvergießen verhindern würde, dann würde sich die Geschichte Roms, Italiens und vielleicht sogar der Welt zum Guten wenden. Und sie hätten wieder ein offenes Ohr für das Wort Gottes.

Ich hätte dann meine Aufgabe auf Erden erfüllt.

Also zog ich meine beste Kleidung an, nahm ein Brot, einen Fisch und einen Krug Wein und begab mich in sein Zelt. Begab mich… das klingt jetzt so einfach. War es aber auch! Ich wollte dort sein und schwupp…«, Jesus schnippt mit dem Finger, »schwupp war ich da. Natürlich schlief Constantin tief und fest und dieses Mal war ich auch nirgendwo gegen gestoßen. Also legte ich Fisch, Brot und Wein als Willkommensgabe auf den Tisch und nahm die brennende Nachtkerze, um ein paar weitere anzuzünden. Es war sehr dunkel in dem Raum.

Dummerweise muss ich dabei irgendwie etwas Wachs auf sein Gesicht gekleckert haben, jedenfalls saß Constantin plötzlich kerzengerade im Bett. - Ha! Hast du gemerkt?! KERZEN-gerade! Ha! Wie lustig! Darüber habe ich noch nie nachgedacht.

Es gibt so viele Wörter, die einen ganz besonderen Sinn haben, wenn man erst einmal darüber nachdenkt. Wie zum Beispiel...«

»Kerzengerade! Bleib einfach dabei!«

Der Pastor klingt nicht nur genervt, er ist es und zeigt es auch deutlich. Doch Jesus redet einfach weiter.

»Ja, und dann erzählte ich ihm, dass mein Vater mich geschickt hätte, welche Botschaft ich für ihn hatte, und so weiter. Wir setzten uns an den Tisch, tranken und Wein und aßen Brot. Er hörte wirklich sehr interessiert zu. Ich hatte ihn berührt. Constantin versprach mir, die Verfolgung der Christen einzustellen und unserer Glaubensgemeinschaft einen festen Platz im römischen Staat zuzugestehen.

Ich war sehr zufrieden mit dem, was ich an diesem Abend erreicht hatte. Deshalb versprach ich ihm, ein Zeichen zu senden, das ihn daran erinnern sollte, dass Gottes Kraft und Liebe immer bei ihm sind. Dann verabschiedete ich mich und verließ ihn, indem ich mich einfach wieder in mein Zimmer in Rom zurückdachte. Dort erst fiel mir auf, dass ich den Fisch völlig vergessen hatte. Ich hielt das nicht weiter für wichtig, aber es bekam dann doch große Bedeutung in der Geschichte. Manchmal ist es mir unerklärlich, was in den Köpfen von euch Menschen vorgeht.

Kaum hatte ich seinen Raum verlassen, verfiel Constantin in tiefes Nachdenken. Und als dann sein Blick auf den Fisch fiel, hielt er diesen für das Zeichen Gottes. Den Rest kennst du ja sicherlich aus deiner Ausbildungszeit.«

»Ja, Jesus. Der Fisch als Zeichen der Nähe Gottes und als Symbol für seinen Sohn, der über das Wasser gehen kann, diese Geschichten kursierten damals ja auch schon.

Und dann die Schlacht am nächsten Tag im Zeichen des Fisches, das alle Krieger auf ihren Schilden trugen.

Und die entscheidende Wende brachten die Kreuzritter, die plötzlich mit einem Heer erschienen und sich an Constantins Seite stellten. Und so weiter, und so weiter.«

Jakob wirkt genervt.

»Grausam, Jakob, nicht wahr?! Und ich frage mich, ob ich nicht Auslöser dieser Gewalt war. Habe ich nicht, als ich eine Welt ohne Gewalt schaffen wollte, erst den Anstoß gegeben, das Christentum mit Gewalt als Staatsreligion durchzusetzen? Was wäre gewesen, wenn ich einfach nichts getan hätte? Vielleicht hätten sich die Kaiser geeinigt, und es hätte keinen Kampf gegeben? Bin ich schuldig?«

Jakob beugt sich zu Jesus hinüber und legt tröstend die Hand auf seine Schulter. Er kann dessen Verzweiflung gut verstehen. Zweitausend Jahre das Beste geben, immer wieder neue Herausforderungen und immer noch nicht am Ziel. Das kann selbst einen Jesus erschüttern.

»Seit 2000 Jahren wandele ich durch die Welt und predige, mal wenigen, mal mehreren, mal vielen Menschen. Immer habe ich das Gefühl, dass meine Worte, Gottes Worte, sie erreichen. Sie stehen da, hören zu, nicken zustimmend. Und was tun sie dann? Sie gehen nach Hause, verfallen in ihren alten Trott, und alles ist, wie es vorher war.

Viele holen sich sogar jeden Sonntag, mit schöner Regelmäßigkeit, ihr wöchentliches Gewissensaufrütteln in der Kirche ab, nur um es dann ein paar Stunden später mit Kaffee und Kuchen zuzuschütten. Und nicht einmal Tausende von Kilometern entfernt, nein, nur ein paar Straßen weiter, leiden die Menschen Hunger und Not.«

Jakob reicht Jesus sein Taschentuch und dieser schnäuzt kräftig hinein, dann wirft er es in hohem Bogen fort. Der Pfarrer schaut irritiert dem davonwehenden Taschentuch nach. Es war aus Seide. Aber jetzt gibt es Wichtigeres: Er muss diesen armen Jesus irgendwie aufrichten. Aber wie?

»Weißt du, Jakob, mein Freund, ich verstehe euch Menschen einfach nicht. Gott schenkt euch 70, vielleicht 80 oder 90 Jahre, und danach seid ihr tot. Wieso, in Gottes Namen, macht ihr nichts aus dieser Zeit, die euch geschenkt wird? Ist das denn so schwer zu begreifen, dass ihr nur dieses bisschen Leben habt? Ist das so schwer, es euch und den Anderen schön zu machen? Glücklich zu sein?«

Jakob schüttelt ungläubig den Kopf.

»Heißt das, es gibt kein Leben nach dem Tod? Wenn ich sterbe ist wirklich alles vorbei? Warum mache und tue ich denn all das, wenn es mit meinem Tod vorbei ist?«

»Siehst du Jakob, endlich hast du es verstanden!«

»Häh?!«

Jesus setzt sich kerzengerade auf und schaut Jakob tief in die Augen.
»Johannes, du musst schon besser zuhören!«

Er schüttelt tadelnd den Zeigefinger und steht auf und schlendert langsam in Richtung Supermarkt. Er muss ja noch einkaufen.

Auf der Parkbank bleibt ein gedankenverlorener Pfarrer zurück, der wieder einmal zweifelt, ob er der Richtige ist, Jesus in dieser Zeit zu begleiten. Vielleicht sollte er doch bei seinem wöchentlichen Bericht an den Papst eindringlicher darauf hinweisen, dass Jesus sich langsam verändert. Vielleicht sollte er darauf drängen, dass der Papst ein neues Konzil einberuft und nun endlich Jesus als Sohn Gottes anerkennt. Was hat die Kirche schon zu verlieren? Der ›heilige Vater‹ könnte doch zusammen mit Jesus an seiner Seite wahre Wunder vollbringen, die Menschheit vereinen. Er könnte sagen: »Hier ist er, der Sohn Gottes, wir haben alle Beweise. Unsere Religion ist die richtige. Folgt uns.«

Aber das Volk würde fragen: »Warum erst jetzt? Was habt ihr in den letzten 2000 Jahren getan? Brauchtet ihr so viel Zeit, um die Beweise zu sammeln?«

Jakob ahnt, in welchem Dilemma der Papst steckt, und wahrscheinlich auch jeder andere Papst vor ihm gesteckt hat. Es ist einfach zu
spät, die Wahrheit zu sagen. Es ist Jahrhunderte zu spät, in der
Kirche, wie bei den Kreuzrittern. Die einen würden ihr Ansehen
verlieren, die anderen ihren Reichtum.

Aber wann, wenn nicht jetzt? Jesus wird langsam merkwürdig.
Seine besten Tage sind anscheinend vorbei. Er wird vergesslich.

Dabei war es nicht immer so kompliziert. Nachdem Jesus sich
nach der Geschichte mit dem brennenden Dornbusch in einem
Dorf in der Wüste niedergelassen hatte, war Petrus eines Tages
zu ihm gekommen und hatte mit ihm dort eine kleine religiöse
Gemeinde gegründet. Das war sozusagen der Vorläufer der heutigen Kirche.

Petrus hatte sich um den organisatorischen Teil gekümmert, Jesus um das tägliche Leben der Menschen. Gemeinsam hielten
sie drei Mal in der Woche eine Gebetsstunde, wenn es die Arbeit
zuließ. Petrus war es dann auch, der in der Nachbarstadt eine
weitere Kirche bauen ließ und dort einen Betgesellen einstellte.

In dieser Zeit gab es die ersten Kontakte mit den Kreuzrittern.
Aber hier schon hielt man sich bedeckt, wenn es um den Aufenthaltsort Jesus ging. Petrus fürchtete, dass der Sohn Gottes
vielleicht doch von dem in Aussicht gestellten Thron angezogen
werden könne. Er hätte sein Leben in Armut gerne gegen den
Thron Jerusalems getauscht.

Ob er zu seinen Lebzeiten überhaupt begriffen hat, dass Jesus
gar kein Interesse an Ruhm und Reichtum hatte, wird immer ein

Rätsel bleiben. Petrus' Verhalten jedoch legte den Grundstein für das gespannte Verhältnis zwischen Kirche und Kreuzrittern.

So wurde Jesus ungewollt zum Spielball zwischen den beiden Mächten der Welt.

»Jesus! Ach du meine Güte!«

Der Pfarrer fasst sich an die Stirn und springt auf. Ihn hatte er jetzt völlig vergessen. Schnell hinterher, bevor er wieder etwas anstellt! Wohin ist er nur gegangen? Jakob schaut nach links zur Kirche, dann nach rechts in den Park hinein. Auf dem Weg dort liegen herbstbunte Ahornblätter, eines hinter dem anderen aufgereiht wie Fußabdrücke im Sand.

Eines muss man ihm lassen, seinen Sinn für Humor hat Jesus nicht verloren. Jakob lässt die eben noch aufgekommene Panik von sich abfallen und folgt langsam schlendernd der Spur aus bunten Blättern.

Weit muss er nicht gehen. Jesus hat sich inzwischen auf der Wiese am Ententeich lang auf dem Gras ausgestreckt und sieht vergnügt zu, wie die Eichhörnchen in seiner Baseball-Cap verstecken spielen. Zwischen den Lippen bewegt er einen langen Grashalm hin und her, ein Bild von totaler Entspannung.

Als Jakob zu ihm tritt, schauen die braunen Nager kurz auf, lassen sich aber in ihrem Spiel nicht unterbrechen. Jesus scheint Jakob gerade erst in diesem Moment wahrzunehmen.

»Jakob, du schwarze Kutte. Haben wir heute eigentlich schon gebetet? Ich will nicht, dass mein Vater zornig wird.«

Jakob zieht wegen der respektlosen Anrede eine Augenbraue hoch, verzichtet aber auf eine Entgegnung.

»Ich fühle mich so frei, Jakob. So ungebunden. Wie ein Vogel. Und doch so fest mit der Erde verwurzelt, als könnte ich ewig hierbleiben.«

Er greift mit beiden Händen ein Grasbüschel und zieht demonstrativ leicht daran.

Jakob aber muss schlucken.
»Heißt das, dass du irgendwann wieder zurückgehen willst? Nach …«, er macht eine Kopfbewegung gen Himmel, »… nach oben? Zurück zu IHM? Wann? Und warum? Weißt du schon, wann? Sag doch!«

»Ach, weiß Gott!« Jesus springt mit einem eleganten Satz auf und klopft sich Erde und Blätter von der Kleidung. »Lass uns in die Kirche gehen. Das ist wichtig für die Seele, nach innen schauen.«

Er nimmt Jakob bei der Hand und zieht ihn fordernd hinter sich her.
»Ich werde heute eine wunderbare Predigt halten. Und später gehen wir Eis essen. Und dann muss ich einkaufen. Ich weiß

nur nicht mehr, was.«

Pfarrer Jakob gelingt es etwas später, seine Hand aus der von Jesus zu befreien und den Weg zur Kirche etwas würdevoller zurückzulegen. Man weiß ja nie, wer zusieht. Und, na ja, man soll natürlich nicht glauben, dass er mit einem Mann Hand in Hand geht. Wo würde das denn hinführen? Zum Papst, na klar. Und dann aus der Kirche hinaus. Das wurde beim letzten Konzil eindeutig festgelegt, die Ehe zwischen Mann und Frau ist die einzige heilige Einheit, die der Papst akzeptiert. Neben dem Zölibat, der heiligen Ehe mit Gott.

Vor der Kirchentür rafft Jakob sein Gewand, um danach mit aller Kraft die Klinke zu drücken und sich gegen die Tür zu werfen. Nichts bewegt sich.

»Vermutlich habe ich sie wieder abgeschlossen«, sagt er und reibt sich mit der linken Hand die rechte Schulter.

»Tut's weh?«, fragt Jesus und öffnet die Tür mit einem leichten Schwung. Nichts klemmt, nichts quietscht. Der Pfarrer schüttelt verneinend den Kopf, dann lässt er ihn sinken, resigniert, vielleicht auch ein wenig demütig. Hinter Jesus betritt er die Sakristei.

Während Jesus den schwarzen Anzug anzieht, den er als Wechselgarderobe immer hier hängen hat, lugt Jakob durch den Türspalt in die Kirche. Viertel vor elf, vielleicht dreißig oder vierzig

Menschen sitzen bereits auf den Bänken. Ein paar werden noch dazu kommen in der nächsten Viertelstunde, aber die Kirche wird nicht einmal halb voll sein.

Er wünschte, er könnte den Menschen offenbaren, dass Jesus, der Sohn Gottes, unter ihnen ist. Aber ohne die offizielle Anerkennung durch den Papst muss er sein Wissen geheim halten. Und der Papst ist nicht überzeugt. Nicht zu überzeugen.

Ach! Dabei ist er doch da! Leibhaftig! Gerade jetzt, in dieser Stadt, in dieser Kirche, in dieser Sakristei, direkt vor…

Nein! Der Pfarrer schaut sich erschreckt in der Sakristei um.

Wo ist Jesus? Er war doch eben noch hinter ihm und zog sich um. Der Pastor läuft durch die offenstehende Tür der Sakristei nach draußen. Da sitzt er! Auf der Bank unter der Eiche. In seiner weißen Unterhose mit den blauen Punkten, die schwarze Anzughose in der rechten Hand. Verloren sieht er aus.

»Mein Jesus! Was machst du da? Komm doch wieder rein, gleich geht es los. Die Predigt!«

»Ach ja! Ich weiß! Ich wollte… weiß ich gar nicht mehr… ach ja… einkaufen!« Jesus lacht. »Ich will einkaufen.»

»Das können wir nachher zusammen machen. Noch einmal. Aber jetzt wollen wir doch erst wieder in die Kirche, oder?! Und ziehe dir die Hose an! Bitte, Jesus!»

»Ja doch, Johannes, drängele nicht so. Ich weiß, die Predigt.

Heute darf ich wieder etwas aus meiner Jugend erzählen.« Er kichert leise. »Ewige Jugend. Und kalte Füße.»

»Zieh dich an, bitte!»

Langsam erhebt sich Jesus von der Bank und geht zurück in die Sakristei. Die Tür schwingt von alleine auf und schließt sich wieder hinter dem ungleichen Paar, das sich weiter für die Messe vorbereitet.

Die Messe

In der Kirche hört man leichtes Raunen, Hüsteln, unruhiges Geraschel. Fünf nach elf! Wieso geht es nicht los?

Da ertönt die Kirchturmglocke. Die Anwesenden stehen auf und drehen sich alle Richtung Osten, in die Richtung, aus der Jesus der Überlieferung nach erwartet wird. Jesus schreitet mit dem Pfarrer und zwei Messdienerinnen durch die Tür der Sakristei. Sie liegt im Westteil der Kirche.

»Sohn Gottes, wo bist du?«, ruft der Pfarrer laut.

»Wir warten auf dich!«, antwortet die Gemeinde im Chor. Es sind nicht viel mehr geworden, knapp fünfzig, schätzt der Pfarrer, der seine Augen über seine ›Schäfchen‹ gleiten lässt. Auch zwei Schafe in schwarzer Uniform sind da. Bestimmt Kreuzritter! Tolle Verkleidung! Jakob schüttelt leicht den Kopf.

Während Jesus sich mit den Messdienerinnen auf die Bank setzt, tritt der Pfarrer vor die Gemeinde. Er hebt die Hände, es wird still. In dieser Stille schreitet er zum östlichen Altar und entzündet sieben Kerzen. Das Licht soll der Überlieferung nach Jesus, der gen Osten verschwunden war, den Weg heimleuchten. Als die letzte Kerze entzündet ist, wiederholt der Pfarrer seine Anrufung.

»Sohn Gottes, wo bist du?«

Die Gemeinde intoniert brav ihr »Wir warten auf dich!«, verneigt sich gen Osten und setzt sich dann wieder auf die Bänke.

Die Orgel spielt das Lied an: »Sohn Gottes, wir warten«, die Gemeinde singt zaghaft mit. Erst, als Jesus aufsteht und laut mitsingt, reißt er auch andere, bisher stille, Anwesende mit.

Der Pfarrer quittiert das dankend mit einem Kopfnicken in Jesus' Richtung. Nach der Verlesung der üblichen Ankündigungen und Mitteilungen ertönt noch »… im Osten verschwunden, von uns nicht gefunden«, dann erhebt sich Jesus, als der Pfarrer das Mikrofon an ihn weitergibt.

Er verliest die offizielle Geschichte der Ankunft des Gottessohnes auf der Erde und dessen Geschichte bis zu seinem ominösen Verschwinden. Dieser Teil darf in keiner Messe fehlen.

Jesus hat sich bereits in Stimmung geredet. In seinen Gedanken ist er wieder in ›seiner‹ Zeit angekommen, der Zeit, als alles noch einfach und überschaubar für ihn war. In der Zeit, in der er noch von seinem Menschsein überzeugt war, ohne das Gefühl, oder besser die Last, etwas ›Besonderes‹ zu sein. Die Jugend seines Lebens, voller schöner Erinnerungen.

»Ihr alle, die ihr hier seid, ihr glaubt an Gott?«

Die Gemeinde nickt bestätigend. Natürlich! Was soll diese Frage?

»Was wäre, wenn Gott plötzlich mitten unter euch wäre? Würdet ihr ihn erkennen? Oder Jesus, sein Sohn, der in der Geschichte

der Menschheit verloren gegangen ist, irgendwo und irgendwann? Würdet ihr sagen: Ja, du bist es!?«

Die Menschen in den Bänken schauen sich etwas irritiert gegenseitig an. Sie fragen sich, wohin diese Predigt gehen soll. Der
Pfarrer aber gerät in Panik. Nein, nicht jetzt! Jesus, nicht jetzt!
Schnell gibt er ein Zeichen an den Organisten und die Orgel
übertönt mit aller Kraft die weiteren Worte Jesus. Dieser wendet
sich mit einem empörten Blick nach rechts zu Jakob. Und dann
verstummt die Orgel. Mitten im Spiel. Der Organist zuckt irritiert die Schulter und zieht an diversen Hebel und Knöpfen.

Der Versuch der Kirche, Jesus zum Schweigen zu bringen, ist
gescheitert.

Alle Augen und Ohren richten sich wieder auf ihn, der vor der
Gemeinde den Finger an den Mund legt.

»Pssst! Ich will euch heute einmal etwas erzählen. Es ist lange
her. Ich war in der Wüste unterwegs und kam mit meinem Esel
in ein Dorf am Ufer des Toten Meeres, es hieß En Gedi. Meine
Ankunft war schon vorhergesagt worden, da zwei Fischer mich
außerhalb des Dorfes gesehen hatten, als ich mit einem brennenden Dornbusch redete. Dies war meine erste Begegnung mit
meinem Vater, Gott. Bis dahin hatte ich mich für einen normalen
Menschen gehalten, einen Menschen, wie ihr es seid. Mit einem
normalen Vater, wie ihr einen habt.

Nach dieser Offenbarung brauchte ich einen Ort der Ruhe und
des Rückzugs. Diese einfachen Menschen dort boten mir an, zu

bleiben. Die Beiden, die mich bereits in der Wüste belauscht hatten, folgten mir später auf Schritt und Tritt. Sie versuchten, mir jeden Wunsch von den Augen abzulesen, berichteten aber auch der Dorfgemeinschaft ausführlich über alles, was ich tat.

Es war die Zeit, in der ich lernte, zu akzeptieren, dass ich göttlicher Abstammung war. Glaubt mir, es ist nicht leicht, Gottes Sohn zu sein.«

Die Menschen in der Kirche lächeln, irritiert, fragend, mitfühlend.

»Aus dieser Zeit sind viele Wunder berichtet. Dem kleinen Dorf widerfuhr viel Gutes, auch, wenn ich mitunter versehentlich ein oder zwei Mal eine Hütte in Brand setzte. Es ist leicht, einen Dornenbusch zu entzünden, aber das Holzscheit in dem Ofen der Bäckerei, das muss man schon genau treffen, sonst wird das Brot schwarz.«

Wie zur Bestätigung entzündet Jesus mit dem ausgestreckten Zeigefinger die Jahresabschlusskerze an der nördlichen Wand der Kirche. Ein Raunen geht durch die Bänke.

»Mein Vater hat mich beauftragt, euch das Wundern zu lehren. Diese Fähigkeit ist euch im Laufe der Jahrhunderte leider verloren gegangen. Waren die Fischer damals noch bereit, sich über etwas zu wundern, so sehe ich diese Fähigkeit bei euch heute nicht mehr. Je größer das Wunder, desto geringer ist euer Glaube.«

Jesus hebt seine Arme wie zur Predigt und taucht die ganze Kirche in goldenes Licht. Der Altar scheint zu verschwinden, an seinem Platz beginnt eine Art dreidimensionale Lightshow. Man sieht Jesus in dem Dorf En Gedi mit den Menschen reden, sieht die aufmerksamen Blicke seiner Zuhörer. Man sieht Jesus über das Wasser gehen und den Fischern beim Einholen der Netze helfen. Einzelne Ereignisse fließen vorbei, bei einigen wird man quasi Augenzeuge des Geschehens, fühlt sich selbst anwesend.

Keine zehn Minuten dauert der Einblick in Jesus Leben und Wirken zu jener Zeit, über 30 Lebensjahre des Gottessohnes brennen sich in die Herzen der Gemeinde.

Als das Licht langsam erlischt und der Altar wieder zum Vorschein kommt, sieht man vor der Tür der Sakristei einen zusammengesunkenen, verzweifelten Pastor sitzen. Einer Eingebung folgend springt er auf.

»Die Worte des Sohnes Gottes, Jesus Christus!«, ruft er laut in die atemlose Stille. So hofft er, die Situation retten zu können.

Doch unter den Anwesenden entsteht keine Panik, kein Aufruhr, sie sitzen still auf den Bänken und scheinen von einer besonderen Ruhe erfüllt. Jens, der kleine Unruhestifter aus dem dritten Schuljahr, knufft seiner Mutter mit dem Ellbogen in die rechte Seite.

»Coole Effekte, Mama, echt krass. Ich komme nächste Woche wieder mit, versprochen.«

Das wurde jetzt aber doch zu persönlich! In der Ich-Form zu erzählen! Jakob ergreift die Initiative und das Mikrofon, während er Jesus in Richtung der Bank an der Tür der Sakristei drückt.

»Danke, vielen Dank für die Geschichte aus dem Leben des Sohnes Gottes. Wirklich sehr bildreich erzählt. Man könnte meinen, du wärest dabei gewesen, wir wären dabei gewesen.«

Er blickt vorsichtig nach oben, registriert erfreut, dass kein Donner ertönt, dann schaut er in die Augen seiner kleinen Gemeinde und zitiert seinen Vorredner.

»Je größer das Wunder, desto kleiner der Glaube. Es ist leicht, einen Dornenbusch zu entzünden, aber schwer, einen Ofen zu entfachen. Ja, meine Freunde, was wollen uns diese Sätze sagen?«

Während der Pfarrer sich redlich bemüht, spontan eine Ansprache zu diesen beiden Sätzen aus dem Hut zu zaubern, setzt Jesus sich wieder auf seinen Platz vor der Sakristei. Er ist zufrieden. Wieder einmal hat er den Samen der Erkenntnis in ein paar Herzen gelegt, sanft und unbemerkt hat er ein kleines Wunder vollbracht.

Die Anwesenden werden sich weniger an das ›Spektakel‹ erinnern, das er mitten in der Kirche aufgeführt hat. Sie werden vielmehr die Berührung, die sie tief drinnen gespürt haben, im Gedächtnis behalten.

Kleine Wunder sind wahre Wunder.

Der Pfarrer beendet kurz darauf die Messe, die Gemeinde singt das letzte Lied. Dann tritt jeder einzeln aus der Bankreihe, neigt seinen Kopf Richtung Osten und sagt: »Jesus, wir warten auf dich!«

Langsam schiebt sich die Reihe der Berührten am Pfarrer vorbei nach draußen, schweigsamer als sonst. Jakob atmet erleichtert auf. Das scheint noch einmal gut gegangen zu sein. Sie werden dieses kleine Wunder für ihre eigene Phantasie halten, für das Ergebnis einer bildhaft erzählten und mitgelebten Geschichte. Nichts, was er dem Papst berichten müsste. Nichts, was dieser glauben würde.

Solche Erlebnisse hatte er schon oft gehabt mit seinem Schützling. Anfangs hatte er begeistert jede Einzelheit berichtet. Heute war er vorsichtiger geworden. Der Papst wollte keine Details, sondern einfach nur ein großes, nachvollziehbares Wunder. Und nur er entschied, ob er es anerkennen würde oder nicht.

Manchmal hatte Jakob das Gefühl, er wäre mehr zur Bewachung Jesus eingesetzt als zur Beobachtung. Er schüttelt entschieden den Kopf. Nein! Das kann und will er nicht glauben. Die Kirche will den richtigen Jesus ausfindig machen! Sie will nur keinen Fehler machen. Wenn er das in Zweifel zöge, wäre sein kirchlicher Glauben nichts mehr wert. Irgendwann würde er den Beweis liefern, ohne Wenn und Aber.

Zurück aus seiner inneren Unterhaltung dreht Jakob seinen Kopf hin und her. Wo ist dieser Jesus nun schon wieder abgeblieben? Draußen? Einkaufen? Er stürzt zu Tür der Sakristei, als er aus dem Augenwinkel einen Blick auf Jesus erhascht. Der lehnt, den

Kopf auf die linke Hand gestützt, an der Balustrade der Orgel. Er unterhält sich mit Peter von Möllen, dem Organisten.

Es scheint eine sehr freundschaftliche und interessante Unterhaltung zu sein, in der Peter auch gar nicht zu bemerken scheint, dass Jesus von außen an der Balustrade hochgeschwebt ist. Seine Füße befinden sich in neun Metern Höhe.

Unterhalb dieser merkwürdigen Szene stehen immer noch die zwei Uniformierten. Sie wirken irgendwie geistig abwesend, in innerliche Gespräche vertieft. Diesen Gesichtsausdruck kennt der Pastor gut. Sie wundern sich.

Innerlich lächelnd begibt er sich in die Sakristei und zieht sein Messgewand aus. Die beiden Messdienerinnen sind schon nach Hause gegangen, sie haben die äußere Holztür offengelassen. Es fällt ein warmes Sonnenlicht in den Raum.

Jakob zieht den kleinen Holzstuhl in das Sonnenlicht und setzt sich darauf. Warm hüllt das goldgelbe Licht seinen ganzen Körper ein, die Last der Messe fällt von ihm ab und der Pfarrer beginnt zu träumen.

Er träumt von einer Welt, in der es keine Kriege gibt, weil jeder Mensch Jesus als Sohn Gottes anerkannt hat. Von einer Welt, in der die Kirche zusammen mit Jesus allen den Weg zum Himmel, zum Glücklichsein, zeigt. Von einer Welt, in der die Kreuzritter ebenfalls Jesus als den Sohn Gottes bestätigt haben und all Ihre angesammelten Reichtümer mit den Armen teilen.

Dann schläft er ein und gleitet in das Reich der Träume.

Nach der Messe

»Du warst aber weit weg.«

Jesus holt ihn aus seinen Träumen zurück. Jakob braucht noch einige Sekunden, um sich aus der geträumten Umarmung einer sehr attraktiven Messdienerin zu befreien und in die Wirklichkeit zurückzukehren.

»Nett, wirklich sehr nett!«, nickt Jesus und lächelt. Jakobs Stirn kräuselt sich vor Staunen. Ob er das gesehen hat? Seinen Traum? Kann er das auch? Er schüttelt diese Gedanken von sich ab und schaut zu Jesus auf. Der fragt: »Weißt du, an wen du mich erinnerst, wenn du so friedlich dasitzt? An Martin, meinen alten Freund. Meine Güte, das ist jetzt schon über fünfhundert Jahre her!«

Während Jakob die Augen nach oben rollt, schaut Jesus nach innen. Er kramt alte Erinnerungen hervor.

»Das war die Zeit, als ich immer noch in dem Glauben war, die Kirche stünde an meiner Seite, und ich könne mit der Hilfe des Papstes in Rom viel mehr Gläubige erreichen als mit meinen kleinen Messen. Ich dachte damals, es wäre an der Zeit, dass sie mich als Sohn Gottes anerkennen würden und wir gemeinsam das Wort Gottes verbreiten könnten.

Tatsächlich habe ich erst viel später erkannt, wie ich von ihnen hintergangen wurde, nur, damit sie ihr Glaubensmonopol behal-

ten konnten. Ich sage dir, Jakob, wenn ich das alles früher gewusst hätte …
Was wollte ich noch mal sagen?«

»Du warst bei Martin Luther und wolltest gleich deinen Scherz über die Lebkuchen machen.«

Jakob ist müde, aber er spielt das Spiel mit. Jesus schwelgt in Erinnerungen, die will er ihm nicht nehmen.

»Ja, richtig, Herr Pfarrer! Also, wusstest du, dass ich die Lebkuchen erfunden habe?«

»Nein, erzähl doch mal, wie kam denn das?«

Der Pfarrer schaut Jesus mit großen Augen an.

»Es war kurz vor dem Ende des 15. Jahrhunderts. Ich war in Nürnberg als Zimmermann tätig, da erhielt ich vom Kaiser Friedrich III. einen Auftrag. Ich sollte Formen aus Holz für ein Gebäck schaffen, mit seinem Gesicht darauf. Er hatte vor, diese an alle Kinder in Nürnberg zu verteilen. Das war ein schöner Auftrag für mich, und ein wunderbares Geschenk für die über 4000 Kinder damals.«

Jakob wagt, wieder einmal, den Einspruch.

»Aber, dann hast du doch nicht den Lebkuchen erfunden, sondern nur die Modelle dazu hergestellt.«

»Mein guter Jakob, das war ja noch nicht alles. Natürlich hatte ich auch beim Rezept für den Teig meine Finger im Spiel. Aber das wollte ich doch auch gar nicht erzählen, oder?«

»Nein! Du wolltest mir etwas von Martin Luther erzählen.«

»Ja, richtig. Also, ich wohnte immer noch in Nürnberg, schon über einhundert Jahre insgesamt. Ich bin immer mal wieder umgezogen, damit niemand merkt, dass ich nicht altere.

Es war im Herbst 1510, da traf ich einen Mönch. Er war schon einige Tage unterwegs gewesen und klopfte müde und hungrig an meine Tür.«

»Wer war das denn?« fragt Jakob scheinheilig.

»Nun, das war Martin. Hörst du denn gar nicht zu?« Jesus schaut ihn tadelnd an.

Jakob zieht den Kopf zwischen die Schultern, er kann nicht deuten, ob Jesus den Tadel ernst gemeint hat oder ob das für ihn auch nur ein Spiel ist.

»Also, da klopft der Mann an meine Tür. Völlig nass und durchgefroren. Natürlich habe ich ihn hereingelassen und beherbergt. Er war erst etwas zurückhaltend, aber dann taute er auf.«

Jesus grinst wegen des Wortspiels, Jakob grinst mit. Wie jedes Mal an dieser Stelle.

»Nun, er blieb ein paar Tage bei mir und wir wurden gute Freunde. Martin erzählte mir, dass er aus einem Kloster in Erfurt zu einer Konferenz gekommen sei. Für die Dauer des Treffens ließ ich ihn bei mir wohnen. Es ging um eine der zahlreichen Glaubensstreitigkeiten, die in der Kirche immer wieder aufflammten. Die Kirche in Rom sollte den Streit schlichten.

Ich dachte, dass es wohl besser wäre, mit Martin nach Rom zu gehen. Das sollte mein letzter Versuch sein, die Kirche zum richtigen Glauben zu bringen. Martin war nicht sehr angetan von meiner Idee. Er wollte lieber von einem Gelehrten oder hohen Mönch begleitet werden.

Also zog ich ihn ins Vertrauen. Ich nahm seine Hand, spürte ihre Wärme, und dann zeigte ich ihm den Anfang der Welt, meine Zeit in Jerusalem und en Gedi und einige andere Stationen meines Lebens.

Da erkannte Martin, dass ich der Sohn Gottes war und fiel vor mir auf die Knie. Schnell half ich ihm wieder hoch. Wir waren Freunde, für einen Kniefall gab es keinen Anlass.

Wir redeten am Feuer die ganze Nacht lang. Martin notierte eifrig alles, was ich ihm über mein Leben erzählte. Später wurden daraus die *Fünf Bände über das Leben Jesus,* die du ja kennst. Und am nächsten Morgen planten wir unsere Abreise. Rom war ja über 1000 Kilometer entfernt, und es war mitten im Winter.«

»Ehrlich, ich kann mir kaum vorstellen, wie das damals gewesen sein muss. Und das zu Fuß oder mit der Kutsche.«

»Stimmt! Aber, nun ja, ein bisschen geholfen habe ich schon, hin und wieder. Wir haben nie gefroren oder Hunger oder Durst gelitten. Letztendlich ist ja alles da.«

»Seht ihr die Lilien auf dem Felde, sie beten nicht, aber Gott ernährt sie doch!«

»Nun, so ähnlich. Und es ist immer von Vorteil, auf der Wanderschaft einen Sohn Gottes bei sich zu haben.« Jesus lacht aus vollem Hals. Dann wird er wieder ernst. »Für die Gläubigen heute war es eine wichtige Zeit, ohne Martin wäre meine Geschichte wahrscheinlich nie aufgeschrieben worden.«

»Und ohne die Päpste wäre es wahrscheinlich nie nötig gewesen, sie überhaupt aufzuschreiben. Sie hätten dich einfach nur auf deinen angestammten Platz setzen sollen.« Jakob hält sich erschrocken die Hand vor den Mund. Hatte er das wirklich gesagt? War das Gotteslästerung? Nein, wohl eher Kirchenlästerung. Gab es das überhaupt?

Der Sohn Gottes lächelt gutmütig.
»Ich weiß, dass du auf meiner Seite bist, Johannes.»

»Jakob, aber egal!»

»Nein, da fällt mir gerade ein, während unserer Reise nach Rom gab Martin mich immer als Bruder Johannes aus. Warum auch immer. Aber schau, wieder ein Johannes in meinem Leben!«
Er lächelt abwesend.

»Wäre der Papst wirklich in Rom gewesen, es wäre bestimmt alles anders gekommen. Aber er glänzte durch Abwesenheit. Martin machte sich später auf den Rückweg nach Erfurt. Ich blieb noch bei einem neuen Freund in Rom. Michaelo, oder so, hieß er. Er bemalte gerade das Kuppeldach einer Kapelle, und sein Arbeitsgerüst war atemberaubend wackelig.

Ich bin gelernter Schreiner, also half ich ihm mit ein paar guten Tipps und Querbalken, sein ungewöhnliches Gemälde zwei Jahre später unverletzt fertig zu stellen.«

»Ich weiß. Ich kenne Bilder davon. Wunderschön. Da fällt mir ein: Wollen wir nicht langsam einmal losgehen? Die Leute warten bestimmt schon auf dich. Bald ist Mittag.«

Jesus nickt und nestelt an seinem Hemdkragen, während Jakob sein Messgewand auszieht.

»Ja, meine lieben Freunde im Altenheim. Sie lieben es, sich zu wundern. Und ich schaffe es, dass sie sich wundern. Sie sind ein sehr dankbares Publikum.

Und das Essen dort ist auch nicht zu verachten, wirklich lecker. Ich bin froh, für diese Zeit dort untergebracht zu sein. Dort ist das Wort Gottes willkommen.«

Er schlüpft aus seinem Anzug in seinen alten blauen Jogginganzug mit dem weißen Streifen. Dann setzt er die Base-Cap auf und hängt seinen Anzug sowie Jakobs Messgewand wieder zurück in den Schrank.

Beide verlassen die Sakristei. Jesus genießt sichtlich den Spaß, die schwere Holztür mit einem Fingerschnipp zu schließen. Jakob lächelt nur müde.

Die Seniorenresidenz ›Annette‹ ist nur wenige Minuten zu Fuß entfernt. Beide gehen schweigend nebeneinander her, in Gedanken versunken.

Jakob wägt immer noch ab, ob er sich ein neues Handy kaufen soll oder auf das kirchliche Angebot zurückgreifen soll. Das Vat-iPhone *Jersusalem* ist mit modernster Technik ausgestattet und mit seinem fünf Zoll Bildschirm extrem handlich. Es ist unter jedem Messgewand zu tragen, kabelloses Aufladen, INRI sowieso, zum Sonderpreis von 333€ für alle Pastoren.

Allerdings ist ihm auch klar, dass jede Bewegung nachvollziehbar ist und jedes Wort mitgehört werden kann. Irgendwie hat Jakob das Gefühl, er hätte vor dem Papst doch etwas zu verbergen und hat deswegen bisher sein eigenes Handy benutzt. Damit fühlt er sich sicherer.

Hätten die Kreuzritter seinen Gedanken gehört, sie hätten bestimmt laut gelacht. Das Handy ist schon seit dem Tag, an dem er Jesus zugeteilt wurde, von deren IT-Abteilung gehackt.

In der Seniorenresidenz

Die Residenz ist ein unscheinbarer Gebäudekomplex, weiß gestrichen, rotes Dach. Es liegt etwa zwanzig Meter abseits der Straße und man könnte es für ein normales Reihenhaus halten. Von außen wirkt es recht schmucklos. Hier verbringen etwa 60 Ältere und Kranke in fünf Wohnbereichen ihre Tage. Jeder hat sein eigenes Zimmer, nach seinen Wünschen eingerichtet oder mit den alten, im Laufe des Lebens lieb gewonnenen Möbeln, ausgestattet. Finanzieller Träger der Einrichtung ist der Vatikan, der ausnahmsweise einmal hier nicht auf Gewinn aus ist. Wer von einer Kommission ausgewählt wird, kann hier zum Preis einer normalen Mietwohnung seine letzten Jahre in guter Betreuung verbringen.

In einem dieser Zimmer ist auch Jesus untergebracht. Nicht, wegen seines hohen Alters, sondern weil der Vatikan ihn gerne etwas ›unter Aufsicht‹ hat, wie der Papst im Gespräch mit Jakob öfter zu sagen pflegte. Schließlich gehe es doch darum, den Beweis seiner göttlichen Abstammung zu erbringen.

Draußen vor dem Haus dreht ›der alte Bernd‹ seine Runden mit dem Rollstuhl. Er tankt vor jedem Mittagessen immer etwas frische Luft. Von weitem erkennt er schon den Pfarrer und Jesus und winkt heftig. Dann ruft er in den Eingang hinein: »Er kommt!« und rollt, mit beiden Händen Schwung holend, den beiden zielstrebig entgegen.

Jesus begrüßt den Alten herzlich, nimmt seine linke Hand und gemeinsam begeben sie sich zum Eingang. Dem Pfarrer fällt auf, dass der Rollstuhl mit Leichtigkeit neben Jesus her rollt, ohne, dass Bernd eine Hand anlegen muss. Es hat so seine Vorteile, wenn man der Zimmernachbar des Sohnes Gottes ist.

Die elektrische Glastür am Eingang gleitet mit einem Zischen auf, ein feiner Geruch von Kräutern dringt heraus auf die Straße: Fenchel, Anis und auch etwas Kardamom. Wahrscheinlich ist heute wieder Backtag.

Während Jesus und der alte Bernd gemeinsam durch die Eingangstür gehen, bzw. rollen, bleibt Jakob kurz vor der Tür stehen. Es wäre nicht das erste Mal, dass sie sich kurz vor ihm wieder schließt. Misstrauisch lugt er zu dem Sensor über der Tür, tritt dann aber entschlossen hindurch. Gut gegangen!

Von der kleinen Rezeption winkt ihm Schwester Lydia fröhlich entgegen. Ihre weißen Zähne heben sich kontrastreich von ihrer schwarzen Haut ab. Sie kommt aus dem Niger und ist vor drei Jahren von einer dortigen Missionsstation in diese Altenresidenz abkommandiert worden. Nur ein paar Wochen, bevor auch Jesus hier einzog.

Jakob bemüht sich, dies für einen Zufall zu halten und nicht weiter zu hinterfragen. Eine Agentin der Kreuzritter kann sie nicht sein, unmöglich. Und, wieso sollte der Vatikan hierher einen zweiten Beobachter entsenden? Oder soll er beobachtet werden?

Jakob wischt diese ungewollten Gedanken mit einer energischen Handbewegung beiseite. Leider bringt er damit auch die Vase auf der Theke aus dem Gleichgewicht.

Er versucht hastig, sie noch zu greifen. Auch Schwester Lydia
eilt zum geschätzten Aufprallpunkt. Aber wie durch ein Wunder
torkelt die Vase wieder zurück auf den Platz, an dem sie stand.
Die Rosen rascheln mit einem leisen Geräusch in ihr Wasser zurück.

Jakob schaut verdutzt, dann zu Jesus. Der lächelt verschmitzt.
Na klar!

Im Speisesaal warten bereits die anderen Mitbewohner auf
Bernd, Jesus und den Pfarrer.

Der Raum ist behaglich eingerichtet, für Jakobs Gefühl etwas
überheizt. An einem langen, ovalen Tisch sitzen:

Frau Müller: Die Einzige, die standhaft alle anderen siezt und
auch weiterhin gesiezt werden möchte. »Das DU muss man sich
erst einmal verdienen«, sagt sie immer. In den letzten 14 Jahren
hat sie ihren blinden Mann aufopferungsvoll gepflegt, nach seinem Tod ist sie in dem Heim aufgenommen worden. Hier will
sie zur Ruhe zu kommen, um Kraft für das restliche Leben zu
tanken.

Gustav: Ehemaliger Rennfahrer, ständig fesch angezogen, trägt
immer einen Seidenschal um den Hals. Seit einem Fahrradunfall
hat er ein steifes Bein.

Jens-Peter: Einer der letzten Grubenarbeiter im Pott, Lunge kaputt, »na ja, ist eben so«.

Ahmet: Nennt sich selbst den »Quotentürken«, hat für die Bundeswehr in Auslandseinsätzen gekämpft und ist ausgebrannt.

Svenja: Noch zu jung für ein Altenheim, Ende 40, hat sich im Laufe ihres Lebens viel Kummerspeck angefuttert. Ihre Organe arbeiten deshalb nicht mehr so wie früher. Sie braucht wegen Ohnmachtsanfällen ständige Aufsicht.

Wolfgang: »Einfach nur alt und auf der Suche nach Ruhe.«

Elvira: Mit 92 die Älteste. Schwarzes Haar (»nein, das ist nicht gefärbt!«) zum Zopf gebunden, drahtig, echt noch gut drauf.

Annette: Bekannte Buchautorin, lange auf den Bestsellerlisten zu Hause, hat jetzt hier ihr Zuhause gefunden.

Christina: Krankenschwester. Müde geworden von der Hingabe für andere Menschen, zwei Schlaganfälle gut überstanden.

Berthold: Ehemaliger Grundschullehrer. Hat bis zur Pensionierung, ohne einen Tag krank zu feiern, durchgehalten, wirkt völlig abwesend, in einer Scheinwelt gefangen.

Die Gerda: »Ich bin die Gerda.«, ist ihr liebster Satz. Sie stellt sich jedem mehrmals täglich vor, Alzheimer.

Bernd: Der ›alte Bernd‹, mit braunen Hausschuhen, seiner roten Karodecke auf dem Schoß, groben Händen, weißem Bart und einem ständigen Lächeln. Der Inbegriff des ›lieben Opas‹.

Jesus begrüßt seine zwölf Tischgenossen mit den Worten: »Seht, wen ich mitgebracht habe: Den guten Jakob!«

Die am Tisch Versammelten stimmen fröhlich das Lied ›Bruder Jakob‹ an, der Pfarrer singt wie immer mit und dirigiert mit den Händen die Chorstimmen. Als dann die letzte Silbe verklungen ist, applaudieren sich alle gegenseitig. Dann setzt sich jeder an seinen Platz, rückt mit dem Stuhl an den Tisch und Stille kehrt ein.

Alle Augen richten sich auf Jesus, an ihm ist es heute, das Tischgebet zu sprechen. Schwester Lydia steht andächtig in der Tür, die Hände unter der Schürze gefaltet.

»Vater im Himmel, hilf uns, dein Wort zu verkünden und Jesus, deinen Sohn und Boten, zu finden. Hilf uns, oh Gott, deinem Sohn den Platz auf Erden zuzuweisen, der ihm gebührt.«

Alle stehen auf, außer dem alten Bernd und drehen sich gen Osten.

»Jesus, wo bist du?«, intoniert der Pfarrer.

»Wir warten auf dich!«, antwortet die kleine Gruppe im Chor und setzt sich wieder. Die Holzstühle kratzen über den Steinboden.

»Ich bin die Gerda!», sagt Gerda laut, und dann, in einem verschwörerischen Ton: »Und ich weiß ganz genau, wo er ist, dieser Jesus! Jaha!« Sie zwinkert Jesus mit einem Auge zu. »Aber ihr seid alle viel zu eigensinnig, um ihn zu bemerken. Das ist es!«

»Ach Gerda, meine Liebe«, sagt der fesche Gustav, »wir wissen das doch alle. Und ich weiß gar nicht mal, ob ich es jetzt bedauern oder genießen soll, dass er jetzt bei uns am Tisch sitzt und nicht in irgendeinem prunkvollen Palast und das Schicksal der Menschheit regelt.«

»Genieße es!«, sagt Jesus lächelnd, »So wie du es in den letzten Jahren auch genossen hast. Meine Zeit wird kommen, da bin ich sicher. Sehr bald vielleicht schon.«

Da war sie schon wieder, diese Andeutung! Gerade, als Pfarrer Jakob Luft einholt, um Jesus eine Frage zu stellen, betritt Lydia wieder den Essensraum. Vor sich her schiebt sie einen Servierwagen mit großen Schüsseln und polternden Deckeln, aus denen duftender Dampf nach oben steigt.

»Es gibt Fisch«, kündigt sie das Menü an. »Mit leckeren Petersilienkartoffeln, Rosmarinschaum, Möhrenschnitzen und Kürbisspalten. Es ist für jeden Geschmack etwas dabei. Und vorher eine heiße Gemüsesuppe, das macht Appetit. Auch dir, Bernd.

Ach, ja, und zu guter Letzt, auf besonderen Wunsch, der mich heute Mittag gerade noch rechtzeitig ereilte, Schokoladeneis zum Nachtisch.«

Jakob läuft ganz leicht rot an. Er lebt nun einmal für Schokolade. Wäre er nicht Priester geworden, wäre er jetzt Chocolatier.

Schwester Lydia schenkt mit einer großen, schwarzen Kelle die Suppe ein. Alle warten, bis jeder seine Schüssel gefüllt hat, dann beginnt das Essen mit einem vielstimmigen »Mahlzeit«.

Besonders der ›alte Bernd‹ löffelt eifrig und bekommt, wie jedes Mal, wenn es Suppe gibt, auch seinen Nachschlag. Einzig Pfarrer Jakob isst ohne rechten Appetit. Seine Gedanken sind jetzt nicht beim Vat-iPhone, sondern bei Jesus. Und beim Papst. Und bei den Kreuzrittern. Und bei der verdammten Heuchelei, die ihm immer deutlicher sichtbar wird.

»Handy oder Messdienerin?«, fragt ihn Jesus unvermittelt von rechts. »Woran denkst du gerade?«

Jakob errötet. Also kann er doch nicht Gedanken lesen. Erleichterung. Aber woher weiß er von Marlene, der Messdienerin? Der Mann ist ein Rätsel.

»Weder noch, Jesus. Mich beschäftigen ganz andere Dinge.« Er schabt mit dem Löffel die letzte Pfütze Suppe aus dem Teller. Bevor er jedoch weiter über seine Gedanken reden kann, nimmt Schwester Lydia ihm Teller und Löffel aus der Hand und unterbricht das Gespräch.

»Ich habe auch noch einen Schokoladenkuchen gebacken, Jakob. Wenn du noch bis zum Kaffee bleibst, bist du herzlich eingeladen.«
Sie lächelt ihn vielversprechend an.

»Das ist wirklich nett«, übernimmt Jesus das Gespräch, »aber Jakob hat mir versprochen, mit mir nach dem Essen in den Supermarkt zu gehen. Irgendetwas einkaufen.«
»Nein, Jesus, nein!« Jakob schaut ihn genervt an. »Wir wollen heute Nachmittag in den Zoo gehen. Im Supermarkt waren wir doch schon. Erinnerst du dich nicht?«

»Stimmt, Johannes. Du hattest Unmengen Rasierschaum gekauft und wusstest gar nicht mehr, wofür. Und dann ist die Bude
von Hühner-Joe abgebrannt.«

»Jakob…« Der Pastor schüttelt resignierend den Kopf. »Aber
egal! Und nein, DU hattest den Rasierschaum gekauft und…«

»Ich bin die Gerda!«, baut sich plötzlich die alte Dame vor den
beiden auf. »Und ich mag das gar nicht, wenn ihr euch streitet.
Außerdem habe ich Hunger!»

»Schon gut, Gerda!«, bringt Schwester Lydia das Gespräch wieder in ruhigere Bahnen. Sie begleitet Gerda wieder an ihren
Platz. »Setz dich bitte, ich serviere jetzt das Essen.« Sie streicht
Jakob im Vorübergehen leicht über das Haar, geht zum Servierwagen und wuchtet mehrere schwere Terrinen auf den Tisch.

»Bedient euch, es ist genug für alle da! Warte Berthold, ich helfe
dir!«

Alle rücken wieder lautstark ihre Stühle näher an den Tisch und
bedienen sich. Als jeder seinen Teller gefüllt hat, lässt Lydia ein
Glöckchen erklingen und alle beginnen mit der Mahlzeit. Ein
zufriedenes, warmes Tischgemurmel setzt ein, verbreitet sich
wie die Wärme eines Kamins langsam im gesamten Esszimmer.

Jakob genießt es, in dieser Wohlfühlatmosphäre sein Mittagessen einzunehmen. Üblicherweise kocht er sich in seiner Pfarr-
wohnung sein Essen selbst und sitzt alleine am Tisch. Es ist nicht
seine Aufgabe, Jesus auf Schritt und Tritt zu verfolgen, er soll

nur ›dabei‹ sein, wenn der ein nachweisbares, eindeutiges Wunder vollbringt».

So war der Auftrag des Papstes gewesen. Seine ihm später zugeteilte Gemeinde durfte er darüber natürlich nicht vernachlässigen. Und der Papst betonte ausdrücklich, dass die Begleitung Jesus eine ehrenvolle Aufgabe war, die nicht gesondert entlohnt wurde.

Ja, Jakob hatte sich sofort von Jesus fasziniert gefühlt, und für ihn war auch sehr schnell klar gewesen, dass der Gottes Sohn war. So unlogisch das auch alles sein musste, aber im Glauben geht es eben nicht um Logik. Oft hatte er sich gefragt, was aus seinen Vorgängern geworden war, die, im Rahmen ihrer Lebensspanne, Jesus durch die Jahrhunderte begleitet und observiert hatten. Waren die alle blind gewesen? Oder dumm, taub? Gefühllos? Ungläubig? Das Gleiche galt für die Kreuzritter, die ja auch für sich beanspruchten, den wahren Sohn Gottes zu suchen und auf den weltlichen Thron heben zu wollen.

Die Geschichte war doch voll von Wundern und Geschichten, die Jesus zugeschrieben wurden. Sein Auftritt beim Konzil in Nicäa 325, seine Wanderung mit Luther von Nürnberg nach Rom 1510 und die daraus resultierenden *Fünf Bände über das Leben Jesus*. Es gibt viele große und kleine verbriefte Ereignisse und Wunder im Laufe der zweitausendjährigen Menschheitsgeschichte.

Jakob schüttelt gedankenverloren den Kopf.

»Nicht so schlimm!«, sagt Jesus zu ihm und steckt sich den letzten Bissen Fisch von seinem Teller in den Mund. Dann wendet er sich an seine Tischrunde.

»Ich erzähle euch heute mal wieder eine Geschichte. Ihr dürft gerne noch weiterkauen, ich habe heute etwas an Appetit verloren. Was sich aber nicht auf den Nachtisch bezieht!«

Jesus rückt sich im Stuhl zurecht, das Licht im Raum nimmt eine weichere Farbe an, und das Klappern des Bestecks auf den Tellern wirkt auch irgendwie gedämpfter. Alle lieben es, wenn Jesus aus seinem Leben erzählt, er nimmt einen mit in das Geschehen. Bilder und Gerüche bauen sich vor einem auf, so als wäre man selbst Teil der Handlung. Jesus redet nicht nur mit Worten, sondern lädt die Zuhörer ein, in seine Seele zu hören.

»Ihr erinnert euch bestimmt noch an eure Eltern. Zumindest ein paar Erinnerungen habt ihr noch. Begebenheiten, Gesichter, Geschichten, Gerüche. Und vielleicht erinnert sich die eine oder der andere von euch noch an das Gefühl von Wärme, dass sie gegeben haben.

Ich kann nur sagen, <u>mein</u> Vater war heiß, echt heiß!«

Nach einem kurzen Moment des Verdutzens bricht schallendes Gelächter aus, nur Jakob schaut ängstlich nach oben und zieht instinktiv die Schultern hoch.

»Ja, ihr wisst, was ich meine. Meine erste Begegnung mit meinem Vater, meinem wirklichen Vater, war eine der besonderen Art. Wer von euch hat schon einen brennenden Dornbusch in seiner Ahnenreihe?«

Der alte Bernd muss lachen und husten gleichzeitig, Tränen kullern ihm die Wangen herunter.

Der vom Pastor Jakob gefürchtete Donner bleibt aus.
Jesus legt noch einen nach.

»Aber zumindest hat es mir nicht an väterlicher Wärme gefehlt.«

Bernd krümmt seinen Bauch vor Lachen, hustet noch mehr, Lydia kommt ihm zur Hilfe.

»Wenn ich an Nikolas, meinen Esel denke, der hat damals wirklich nichts zu lachen gehabt. Ich denke nur an diese heißkalten Wechselbäder… «

»Es ist zum Wiehern!«, ruft Bernd mit tränenunterdrückter Stimme. »Der arme Graue!«

»Ja, damals hat er wirklich eine Schnitte mitgemacht, aber heute geht es ihm gut. Momentan lebt er hier im Zoo und ist bei den Eselsdamen sehr begehrt. Ab und zu muss er halt umziehen, niemand soll merken, wie alt er wirklich ist. Irgendwie konnte ich es nicht über Herz bringen, mich von ihm zu trennen. Er ist tatsächlich der einzige Begleiter in meinem Leben, der mir nie widersprochen hat.«

»Ijahhh!«, imitiert Bernd den Esel. Er ist heute völlig ausgelassen, kann sich kaum noch im Rollstuhl halten.

Jakob fragt Lydia besorgt: »Was war denn in der Suppe?«
Lydia lächelt leicht und reicht Bernd ein Tuch, um die Tränen
abzuwischen. So gelöst war er selten.

Sogar Berthold hat sich vom Gelächter anstecken lassen. So etwas geschieht selten.

»Vor dem Nachtisch, auf den Jakob nun schon sehnsüchtig wartet, möchte ich euch aber erst erzählen, was nach meiner Begegnung mit meinem lodernden alten Herrn geschehen ist.«

»Ja, das interessiert uns brennend!«, ruft Annette laut lachend in
die Runde und alle stimmen in ihr Gelächter ein.

»Gott sei Dank ist das keine so trockene Geschichte.« Berthold
hat tatsächlich auch einmal etwas Lustiges gesagt und wird von
allen Seiten beklatscht. Er rückt zufrieden im Stuhl hin und her.

»Und jetzt wollen wir die Geschichte hören, bevor das Eis
schmilzt!« Lydia wendet sich an Jakob. »War nur ein Scherz.«

»Als ich mich von meinem Vater verabschiedet hatte«, nimmt
Jesus den Faden wieder auf, »ritt ich auf dem Grauen einfach
weiter in die Wüste hinein. Ich suchte einen Platz zum Nachdenken. Ich wäre wohl stunden- oder tagelang ziellos herumgeritten,
aber Nikolas schien genau zu wissen, wohin er wollte.

Wir kamen am gleichen Abend noch in En Gedi an, einem kleinen Fischerdorf am Schwarzen Meer. Die beiden Männer, die
meine seltsame Begegnung mit meinem Vater beobachtet hatten, waren schon vorausgeeilt. Sie erzählten allen im Dorf, was

sie dort in der Wüste gesehen hatten. Da sie aber die Unterhaltung nicht mitgehört hatten, war bei Ihnen ein ganz anderer Eindruck des Geschehens aufgekommen. Sie waren der Meinung, ICH hätte den Dornbusch entzündet. Dann sei ich wohl des Esels überdrüssig gewesen und hätte ihn verschwinden lassen, nur, um ihn dann etwas später wieder erscheinen zu lassen und einzufrieren.

Das ist eine Eigenart des Menschen, dass er Dinge, die er nicht versteht, zu etwas zusammenreimt, das für ihn einen Sinn ergibt. Egal, wie.

Das ist das Gleiche wie damals die sogenannte *Brotvermehrung* bei meiner Bergpredigt.

Viele waren mir gefolgt, weit aus der Stadt heraus. Am Ende meiner Rede kam Unruhe auf. Einige murrten. Sie riefen laut.«

Jesus imitiert verschiedene Stimmen:

›Weshalb hast du uns ausgerechnet hierhin gerufen? So weit weg von zuhause?‹

›Es wird Nacht. Wir können im Dunkeln den Rückweg nicht mehr antreten.‹

›Hast du nicht an Fackeln gedacht?‹

›Sollen wir auf dem nackten Felsen schlafen?‹

›Was sollen wir essen? Wir sind dir seit Mittag gefolgt. Wir haben Hunger!‹

Die Unruhe setzte sich vom Fuße des Berges wie eine Welle nach oben fort. Auch wir wurden davon getroffen und begannen, zu debattieren. Einer von uns, es war wohl Jehuda, hatte in weiser Voraussicht zwei Körbe mit Brot und ein paar Karaffen mit Wasser und Wein für uns mitgebracht. Er schien aber nicht bereit zu sein, seinen Vorrat auch mit den Umherstehenden zu teilen. Fest hielt er seinen Korb umklammert.

Wie sollte er auch abgeben? Es war gerade genug um unsere kleine Gruppe zu sättigen. Würde er alles austeilen, bliebe jedem nur ein Krümel. Ich schaute ihm tief in die Augen und sprach wohl etwas in ihm an, das beachtet werden wollte. Schließlich gab Jehuda seinen Widerstand auf und gab mir den Korb.

Ich drehte mich zu den Umstehenden, die Strahlen der Abendsonne fielen auf mein Gesicht und auf meine Hände. Und jetzt auch auf den flachen Felsen, auf den ich den Korb abstellte. Ein wunderbarer Anblick. Langsam nahm ich das Brot heraus und brach es behutsam in kleine Teile. Mit einer Handbewegung holte ich die zuvorderst Stehenden näher heran.

Gerichon, der Zimmermann, der zuvor als einer der Lautesten nach Essen geschrien hatte, griff beschämt in seinen Umhang und holte ein Brot und ein paar Feigen heraus. Langsam legte er alles zu den anderen Brotstücken.

Als wäre dies ein Signal für die Zuhörer gewesen, kam auf einmal Bewegung in die Umstehenden. Viele drängten nach vorne und legten ihre mitgebrachten Speisen und Krüge auf den flachen Stein.

Beschämt, aber auch beglückt, gingen sie wieder an ihren Platz zurück. Schließlich war die Tafel gedeckt. Sicherlich nicht genug, damit sich jeder satt essen kann, aber für jeden war etwas da.

Später wurde erzählt, ich hätte aus einem Krümel Brot Hunderte ernährt und die Kirche hat dies als eines meiner Wunder anerkannt, vor meinem angeblichen Verschwinden. In Wirklichkeit aber steckte das Wunder in jedem der Anwesenden.«

Gerda steht plötzlich vor Jesus und stampft mit dem Fuß auf.

Ich bin die Gerda, und ich möchte wissen, was aus dem Esel geworden ist, nach dem Dornenbusch!«

»Jesus, du bist etwas abgeschweift!«, unterstützt Jakob die alte Frau. »Du wolltest uns erzählen, was du nach der Erkenntnis, dass du Gottes Sohn bist, in dem kleinen Dorf En Gedi gemacht hast.«

»Ja, richtig, Johann… äh, Jakob. Richtig. Irgendwie habe ich die Fäden meines Lebens etwas verwechselt. Dann fange ich noch einmal an. Ich ritt auf meinem Esel…«

»Jiahh!«, unterbricht der alte Bernd, erntet jetzt aber nur böse Blicke aus der Tafelrunde. Er sinkt leicht in seinem Rollstuhl zusammen.

»Nein! Nikolas hieß er!« Jesus schaut Bernd wegen der Unterbrechung böse an. »Wir kamen also in En Gedi an. Es wurde schon dunkel und… wann gibt es das Eis?«
Er wendet sich an Lydia.

»Oh, nee!«, hört man Berthold sagen. »Mach weiter!»

»Gleich, sobald du deine Geschichte erzählt hast, Jesus», flüstert Schwester Lydia ihm von hinten zu.

»Sie hatten schon auf uns gewartet. Eine Mischung aus Furcht und Erfurcht lag in ihren Augen, als sie mich und den Esel in das Dorf reiten sahen. Der Dorfälteste trat auf mich zu und begrüßte mich freundlich, ohne Vorurteil. Es war Ben Ar, ein aufgeschlossener und neugieriger Mann. Er fragte nach meinem Ziel und bot mir, als er die Verwirrtheit in meinen Augen sah, eine Unterkunft für die Nacht und eine Mahlzeit an. Das nahm ich dankend an.

Da einer der Fischer vor kurzem nicht mehr mit seinem Boot zurückgekehrt war, stand dessen Hütte leer und wurde von allen Einwohnern gemeinsam schnell für mich vorbereitet. Sie lag direkt neben Ben Ars Hütte.

Dort wurde mir dann auch ein ausgiebiges Abendmahl bereitet, das ich hungrig verschlang. Im Gefängnis hatte ich keine Mahlzeiten bekommen. Ich erzählte der Runde der Anwesenden, die immer wieder einmal wechselten, was mich bisher im Leben ereilt hatte, und erzählte auch völlig unbefangen von meiner Begegnung mit dem Dornenbusch.«

Nach und nach erkannten mich die Menschen, nannten mich ›den Nazarener‹ und erinnerten sich an das eine oder andere, was von mir erzählt worden war. Sie waren sehr erfreut, mich in ihrer Mitte zu wissen und baten mich, doch länger zu bleiben. Wie ihr wisst, blieb ich über dreißig Jahre dort, bis zu dem gescheiterten Aufstand der Juden in Jerusalem.

Der Älteste, der mir meine Müdigkeit ansah, unterbrach irgendwann in der Nacht die Gespräche und brachte mich in meine Hütte, damit ich Schlaf und Klarheit finden konnte. Dankend ging ich mit ihm hinüber in meine neue Heimat, von der ich damals noch nicht ahnte, wie lange ich dort bleiben würde.

Nur einmal, zur Beerdigung meiner Mutter, verließ ich das Dorf.

Es war eine sehr aufreibende Zeit für mich. Da ich schon als Zimmermann ausgebildet war, bekam ich viel Arbeit und hatte doch immer ein wenig Muße, darüber nachzudenken, was mir wichtig war. Ich war der Sohn Gottes! Ich sollte sein Wort verkünden! Wie sollte das alles funktionieren?

So nach und nach bekam ich ein Gefühl dafür, was mich anders machte. Als ich das Backhaus mit einem neuen Ofen versehen hatte, entzündete ich, allein mit meinen Gedanken, das Feuer im Ofen. Ich hielt einen herunterfallenden Balken auf, nur mit meinen Gedanken, bevor er ein Kind treffen konnte.

Einmal, ich war ganz in Gedanken, ging ich zu einem Fischer namens Petros, um ihn wegen der Maße des Tisches zu fragen, den ich ihm bauen sollte. Als ich ihm meine Frage stellte, schauten er und sein Begleiter mich mit großen Augen an. Zuerst konnte ich den Grund ihrer Verwunderung gar nicht verstehen. Dann erst bemerkte ich, dass ich zu Fuß zu ihm über das Wasser zu seinem Boot gegangen war, ohne einzusinken.

Diese Geschichte sprach sich herum wie ein Lauffeuer, und immer mehr Menschen kamen, um mir abends, nach der Arbeit, zuzuhören. Ich sammelte wieder eine große Anzahl von Anhängern um mich, das kleine Dorf blühte auf. Auch der Verkauf von Pech, welches sie aus dem Toten Meer abbauten, nahm zu. Händler besuchten das Dorf, sein Reichtum wuchs.

Nach zwei Jahren bauten wir ein neues, größeres Gemeindehaus. Dort konnte ich bei jedem Wetter meine Predigten halten. Nur drei Jahre nach meiner Ankunft konnte ich in ein neues Haus umziehen, dass ich mir mit Hilfe vieler Freiwilliger gebaut hatte. Gerade rechtzeitig vor der Ankunft Magdalenas, die ich natürlich sofort nach meiner Abreise über meinen Verbleib informiert hatte. Sie hatte es vorgezogen, zunächst in Jerusalem zu bleiben, weil sie sich beobachtet fühlte und mir nicht schaden wollte.

Als wir endlich wieder vereint waren, konnte ich die Freuden eines normalen Familienlebens genießen und mich trotzdem mit meiner göttlichen Abstammung auseinandersetzen und vertraut machen. War ich anfangs nur ›der Zimmermann‹ war ich bald doch als ›der Messias‹, ›der Prediger‹ oder ›der Heiler‹ nicht nur im Dorf bekannt.

Magdalena half, so oft sie es konnte, als Hebamme aus. Ich verbreitete, mal auf dem Dorfplatz, mal in der Gemeindehalle, das Wort Gottes, so wie es mir von meinem Vater aufgetragen worden war.

Besonders liebte ich es, zu den Fischern zu sprechen und zu Fuß über das Wasser zu ihnen zu gehen. Dies machte immer besonders Eindruck.

Gottes Wort wurde von diesem Dorf aus wieder nach ganz Judäa hinausgetragen. Ich fühlte mich beflügelt und hatte das Gefühl, endlich meine Aufgabe zu erfüllen.

Vielen Menschen, die sich aufgemacht hatten und bei mir Rat oder Heilung suchten, konnte ich damals helfen. Nur Magdalena nicht, als ihre Zeit gekommen war. Wie zuvor bei meiner Mutter musste ich sie loslassen und zu Grabe tragen. Dies war die Zeit, wo ich vielen weltlichen Dingen abschwor und mich allein auf meine Aufgabe konzentrierte.

Ich hielt Predigten und heilte viele Kranke, die sich auf den Weg zu mir in das abseits gelegene Dorf gemacht hatten. Meine Anwesenheit sprach sich immer weiter herum. Vielleicht war das auch der Grund, weshalb die Menschen in Jerusalem den Mut fanden, gegen die römische Herrschaft aufzubegehren und offen zu rebellieren?

Als ich meinen 70. Geburtstag feierte, erhielt unser Dorf die Nachricht, dass Jerusalem endgültig gefallen und der große Tempel von den Römern zerstört worden sei.

Schon damals fragte ich mich, ob nicht gerade mein friedliches Handeln die Ursache für diese Zerstörung gewesen war. Hatte ich diese Menschen vielleicht unbewusst ermutigt? Hatte ich Gottes Wort nicht richtig vermittelt? Zweifel kamen in mir auf, ob der Weg, den ich eingeschlagen hatte, der richtige war.

Als ich dann in die Gesichter meiner Dorfbewohner schaute, wurde mir bewusst, dass niemand von denen, die mich damals so freundlich empfangen hatten, noch am Leben war. Es war bereits eine dritte Generation herangewachsen, nur ich war immer noch der Mann in den Dreißigern, als der ich gekommen war.

»Oh wie schön, da wäre ich auch gerne immer geblieben«, hört man jemanden aus der Tischrunde sagen.

»Nein, glaube mir, das ist nicht schön. Es bedeutet so viele Abschiede, da ihr sterblich seid. So viele Trennungen von liebgewonnenen Menschen, das möchtest du wirklich nicht.«

Jesus wirkt plötzlich sehr traurig. Dann erzählt er weiter.
»Mit der Kunde von der Niederschlagung des Aufstands in Jerusalem entschloss ich mich dann, En Gedi zu verlassen. Seit dieser Zeit bin ich nie länger als zwanzig oder dreißig Jahre an dem selben Ort geblieben. Das erzeugt weniger Aufmerksamkeit und ist weniger schmerzhaft. Bei meiner Abreise haderte ich mit meinem Schicksal und meinem Auftrag. Ich bat meinen Vater um Führung, aber seine Stimme blieb stumm. So musste ich alleine meinen Weg gehen.«

»Dieser blöde alte Dornbusch!«, ruft die Gerda dazwischen. »Der soll sich zum Teufel …«

Jakob hält ihr schnell eine Hand vor den Mund und blickt ängstlich nach oben. Alles bleibt ruhig. Die Anwesenden schweigen, horchen in sich hinein, was diese Geschichte ihnen zu sagen hat.

»Das war eine traurige Geschichte.«, sagt Schwester Lydia auf
dem Weg hinaus zur Küche. »Vielleicht spielt ihr noch etwas,
während ich das Eis vorbereite?«

»Eine gute Idee«, sagt Christina, Berthold nickt.

»Wie wäre es mit *Was wäre, wenn?* «, fragt Gerda.

Was wäre, wenn...

»Oh, ja, das haben wir lange nicht mehr gespielt. Jakob soll fragen!«

Der alte Bernd ist begeistert von diesem Vorschlag. Ein Nicken geht am Tisch herum, also räuspert sich Jakob und überlegt sich seine Frage. Dieses Spiel wird immer gerne gespielt, es regt die Fantasie der Menschen an.

»Was glaubt ihr, wäre passiert, wenn unser lieber Jesus nicht hier unter uns säße, sondern damals tatsächlich verurteilt und wohlmöglich gekreuzigt worden wäre?«

Er schaut in die Runde, um sich zu vergewissern, dass jeder die Frage richtig verstanden hat. Dann nickt er und fügt hinzu: »Frau Müller fängt an.«

Frau Müller hält Zeige- und Mittelfinger an den Kopf und denkt angestrengt nach.

»Och, das weiß ich auch nicht. Das ist ja eine Frage! Also erst mal … wäre er tot. Wir hätten dann nicht so viel Spaß hier in unserem Heim. Wir hätten dich, Jakob, auch nicht kennengelernt. Also insgesamt wäre unser Leben nicht so schön und glücklich, wie es heute ist. Ja, das ist es. Wir wären weniger glücklich. Mehr fällt mir gerade nicht ein. Herr Hanstein! Machen Sie weiter.«

Der fesche Gustav rückt sich im Stuhl zurecht und prüft, ob das

114

Tuch im Hemdkragen richtig sitzt. Dann schaut er seine Vorrednerin kurz an und beginnt etwas steif.

»Vielen Dank, Frau Müller. Das ist in der Tat wahr. Unser Leben wäre um vieles ärmer. Und, um Jesus' Erzählung von eben aufzugreifen und etwas weiter in der Geschichte zurückzugehen, es hätte wahrscheinlich keinen Aufstand in Jerusalem gegeben. Daher hätte sich das römische Reich immer weiter ausgebreitet und wir würden heute *Ave* sagen, wenn wir uns grüßen. Jerusalem wäre römisch, also, sagen wir mal, italienisch, und nicht arabisch, so wie heute. Die ganze Welt wäre wahrscheinlich römisch, und wir hätten keinen Kanzler, sondern einen Kaiser oder Imperator.

Vielleicht wäre ich auch nie Autorennen gefahren und wir würden uns in großen Arenen immer noch Wagenrennen anschauen. Mit richtigen Pferden. Das ist wirklich eine komplizierte Frage. Was sagst du dazu, Jens-Peter?«

»Jau, echt schwer, Justav.« Jens Peter schaut in die Runde. »Ich frage mich, was hätte Gott denn dann gemacht? Wenn er das überhaupt zugelassen hätte. Kann ich mir gar nicht vorstellen, den eigenen Sohn ans Kreuz ausliefern. Nee! Ahmet! Du jetzt!«

Ahmet schüttelt den Kopf. »Nein, Mann. Du musst erst sagen, was anders wäre, ey.«

»Hab ich doch!«

»Nee, haste nicht!«

»Doch. Also gut. Also wenn unser Jesus tatsächlich gestorben wäre, was hätte Gott gemacht? Hätte er noch einen Sohn geschickt? Und noch einen? Wenn er überhaupt mehr als einen hat.

Aber auf jeden Fall hätten wir hier nie von Jesus erfahren, er wäre wohl am Kreuz gestorben und in der Geschichte einfach vergessen worden, so wie alle anderen seiner Zeit auch. Wir wüssten nichts von ihm. Er wäre tot und vergessen. Na gut! Dann gäbe es heute für uns auch keinen Gott. Weil uns keiner von ihm erzählt hätte.«

Er schaut zu Ahmet. »Zufrieden? Jetzt aber du!«

Ahmet nickt.
»Ja, Mann. Cool. Kein Gott. Krass. Ich meine, er wäre ja da, wir wüssten es nur nicht. Oder ist er nur da, weil wir an ihn glauben? Das muss uns der Pfarrer gleich noch mal erklären. Finde ich interessant. Oder? Also, ich glaube, dann gäbe es auch nicht die Institution Kirche. Und keine Kirchen, also die Gotteshäuser. Weder Pastoren noch Päpste. Keine Messen. Irgendwie ... ja, keinen Rückhalt im Leben. Ja, das glaube ich. Wäre echt komisch. Svenja, du bist dran.«

Jens-Peter blickt nachdenklich auf seine Hände, man kann einige Fragezeichen auf seiner Stirn tanzen sehen. Svenja streicht ihre Bluse glatt, wirft das Haar nach hinten und lächelt Ahmet zu.

»Danke, Ahmet. Ja, dann gäbe es ja auch keine Kreuzritter. Ohne dieses Würfelspiel und den Rotwein wäre der Oberste

Kreuzritter ja nie darauf gekommen, einen Orden zu gründen. Keine Organisation würde Reichtümer sammeln, um Jesus seinen angemessenen Platz in der Welt vorzubereiten.

Vielleicht wäre der Reichtum in der Welt gerechter verteilt und die Kirche, ach, das hast du ja schon gesagt, die gäbe es auch nicht. Und es gäbe keine Kirchensteuer und keine Kreuzritterabgaben. Es gäbe einfach viel mehr Geld und das wäre besser verteilt und die Leute wären glücklicher. Oder?! Wolfgang!«

Wolfgang schreckt aus seinen Gedanken auf.
»Ach, ich bin schon dran?«

Er schaut verdutzt nach rechts und links, dann setzt er die Brille, die er eben noch mit der Tischdecke geputzt hat, auf und lächelt.

»Es wird euch wundern, aber dann gäbe es auch keine Wunder. Nettes Wortspiel, nicht? Die paar Wunder, die Jesus vor seiner Kreuzigung vollbracht hat, hätten nie ausgereicht, um ihn berühmt zu machen.

Auch all sein Wirken in den 2000 Jahren danach hat ja nicht gereicht, dass sie ihn als Gottes Sohn anerkennen. Wenn Kirche und Kreuzritter das überhaupt noch wollen. Wir würden in einer wunderlosen, statt wundervollen Welt leben. Was meinst du, Elvira?«

Elvira nestelt noch an den Enden ihres schwarzen Zopfes als sie aufsieht und auf den Tisch zeigt.
»Keine Wunder und auch kein Fisch. Welches Symbol hätte Constantin dann auf seiner Fahne mit seinem Heer getragen?

Wohl kaum das eines Mannes, der am Kreuz gestorben ist. Das wäre ja ein trauriges Symbol. Die Schlacht wäre von Anfang an verloren gewesen, trotz der Kreuzritter. Aber die hätte es dann ja auch gar nicht gegeben. Ach ja, und die Schlacht wohl auch nicht, denn Constantin hätte Jesus' Botschaft ja gar nicht erhalten.

Ach, das ist kompliziert. Irgendwie komme ich da nicht weiter. Annette, bitte.«

Annette schaut an die Decke und spielt mit dem Bleistift in der Hand. Den hat sie, genauso wie ihr kleines Notizbüchlein, immer dabei. Sie hatte sich schon ein paar Gedanken notiert.

»Ja, das stimmt. Und die ganze Suche nach ihm von der Kirche und den Kreuzrittern, nichts hätte je stattgefunden. Unsere Messen hätten überhaupt keinen Sinn. Die hätten das Buch am Tag der Kreuzigung zugeklappt und fertig!«

Sie klappt lautstark ihr kleines Büchlein zu.
»Vielleicht würden wir immer noch auf Pergament schreiben, oder die Kunst des Lesens und Schreibens wäre nur der Oberschicht vorbehalten. Und wir würden X sagen statt 10.»

Sie blickt in die Runde, aber den kleinen Witz hat so schnell niemand verstanden. Also hilft sie etwas nach.

»X. Icks! So wie der Buchstabe, aber als römische Zahl?! Nein?!« Sie schaut entmutigt nach rechts.
 »Christina, machst du dann weiter?«

118

Christina versucht noch, die Anspielung zu verstehen, während sie gleichzeitig schon ihr *was wäre, wenn* formuliert.

»Ja, und wo du gerade bei Büchern bist. Meine Lieblingswerke, Luthers *Fünf Bände über das Leben Jesus*, die gäbe es auch nicht. Luther wäre ja nie mit Jesus nach Rom gewandert. Sie hätten nie über Jesus' Lebensgeschichte gesprochen. Wer weiß, was er stattdessen gemacht hätte? Der Luther, meine ich. Ja, eine komplizierte Welt wäre das. Ich übergebe an meinen Nachbarn.«

Berthold öffnet die Augen, er scheint geschlafen zu haben, war aber wohl nur tief konzentriert, wie er sein Abtauchen mitunter nennt. Dann redet er mit tiefer, ruhiger Stimme.

»Schlimm wäre das, ja. Aber vielleicht würdest du dann mal richtige Bücher lesen. Deutsches Kulturgut. Goethe zum Beispiel. Oder eins von Annettes Büchern, die sind wirklich lesenswert. Aber das ist nicht meine Antwort. Ich habe gedacht, dass es dann vielleicht die beiden Weltkriege nicht gegeben hätte.

Ohne dich beleidigen zu wollen, Jesus, aber wenn so ein paar Wunder am Anfang schon die teilweise Zerstörung Jerusalems zur Folge hatten, was hast du denn ungewollt mit deinem Wirken sonst noch angestoßen? Ich will nicht sagen, dass du da an irgendetwas schuld bist, ich meine nur, *was wäre, wenn*, dann wäre ja alles möglich. Auch eine Veränderung zum Guten. Nicht, dass ich mich beklagen will. Uns geht es gut, versteh mich richtig! Gerda, du musst die Hand nicht heben, du bist jetzt eh dran. Nichts für ungut, Jesus.«
Er lächelt unsicher und aufmunternd in Jesus Richtung. Jesus nickt lächelnd zurück, er wirkt aber irgendwie abwesend.

Gerda rutscht unruhig auf ihrem Platz hin und her. Ihre piepsige Stimme füllt den Raum.

»Ja, und es gäbe statt der lachenden Buddha-Figuren vielleicht auch lachende Jesusfiguren. Auch mit Bauch.«

»Gerda, du hast nicht aufgepasst. Er wäre tot. Lange tot.«
Berthold kann das so nicht stehen lassen. Gerda wirkt leicht eingeschnappt und funkelt ihn böse an.

»Das weiß ich. Bin ja nicht doof. Buddha ist ja auch tot. Könnte ja trotzdem sein.«

Während Berthold die Augen nach oben rollt, richtet sich Bernd mühsam in seinem Rollstuhl auf.

»Auf jeden Fall wäre alles, alles anders und es gäbe jetzt kein Schokoladeneis. Und nur das Jetzt zählt!«

»Das stimmt!«
Lydia kommt mit dem Servierwagen zu Tür herein. Viele bunte Schüsseln mit Eiscreme klickern leise aneinander, während sie den Wagen über den Teppich schiebt.

»Und ich wäre bestimmt nie Krankenschwester geworden, ich wäre immer noch in meinem Heimatland, ohne zu wissen, was in der großen weiten Welt los ist.«

Jakob greift sich rasch eine der vorbeifahrenden Eisschalen, Lydia grinst.
»Jeder von uns hätte ein anderes Leben, das ist sicher. Ich wäre

wohl nie Pfarrer geworden, mir hätte der Glaube gefehlt.«
Jakob hat keine Zeit für lange Geschichten, der erste Löffel Eiscreme schmilzt bereits in seinem Mund.

»Und ich, ich wäre wohl zuhause.«
Jesus Antwort geht in dem einsetzenden Klappern des Geschirrs und dem Quietschen des Servierwagens unter, alle konzentrieren sich auf den Nachtisch. Nur Jakob, der den letzten Satz noch gehört hat, verspürt plötzlich eine unangenehme Kälte in der Magengegend. Und die kommt nicht vom Eis.

Nach ein paar Minuten ist der Nachtisch Vergangenheit und man plappert sich mit seinen Tischnachbarn wieder warm. Einzig Jesus Eisbecher steht unangetastet auf dem Tisch. Der Sohn Gottes scheint in Gedanken verloren und den Nachtisch noch gar nicht wahrgenommen zu haben.

»Magst du es lieber geschmolzen?«, versucht Jakob seinen Tischnachbarn in das Hier und Jetzt zurückzuholen.

»Wie bitte? Ach so, nein. Entschuldigung. Ich hatte meine nachdenklichen fünf Minuten. Die habe ich alle 500 Jahre.« Er lächelt etwas gequält. Dann wendet er sich an die Runde:
»Meine lieben Freunde, ich habe euch so viel aus meinem Leben erzählt und habe auch so viel von euch bekommen. Deshalb möchte ich euch heute auch gerne etwas zurückgeben.«

Ein kleines Wunder

Die Menschen am Tisch wenden sich erwartungsvoll Jesus zu. Jakobs Augen werden groß.

»Bernd, komm bitte her, du kannst meinen Nachtisch haben.«

Irgendwie hatte die Tischrunde etwas Anderes erwartet, etwas Besonderes, Großartiges. So schauen alle etwas enttäuscht oder irritiert Bernd zu, der langsam um den Tisch geht, um sich Jesus Eisbecher zu holen.

Eine starke, unerklärliche Spannung liegt in dem Raum, in dem es völlig still ist.

Plötzlich schreit es aus Annette heraus: »Er kann gehen! Bernd geht! Seht ihr das denn nicht?!«

Jetzt erst erkennen auch die anderen, was hier gerade anders ist als sonst. Jubel bricht los, alle stehen von ihren Plätzen auf und stürzen zu Bernd und umarmen ihn. Sie versuchen, seine Hand zu schütteln, die immer wieder nach dem Eisbecher greifen will. Bernd ist innerlich so gerührt, dass er außen gar keine Regung zeigt. Er lässt sich umarmen und schüttelt Hände. Dann greift er nach dem Eisbecher und schlurft zurück an seinen Platz, als wäre es das Selbstverständlichste von der Welt. Er setzt sich hin und genießt den zweiten Nachtisch. Seine feuchten Augen glänzen.

Der Raum füllt sich mit einem Glücksgefühl, an dem alle Anwesenden Anteil haben. Ein vielfältiges Stimmengewirr flirrt über den Tisch, die Gläser scheinen davon zu klingen. Nach ein paar Minuten allgemeinen Getuschels erhebt Schwester Lydia die Stimme:

»So, ihr Lieben. Es ist Zeit für die Mittagsruhe. Ich muss jetzt den Tisch abräumen. Wir sehen uns um drei Uhr wieder zu Kaffee und Kuchen.«

Nach und nach stehen alle auf, verabschieden sich von Jakob und gehen auf ihr Zimmer. Bernd geht noch etwas wackelig, aber er strahlt eine ungekannte Kraft und Zuversicht aus. Als er an Jesus vorbeigeht und den Mund öffnet, um sich für dieses Wunder zu bedanken, legt ihm Jesus den Zeigefinger an die Lippen.

»Später!«, flüstert er und Bernd geht lächelnd zum Treppenhaus, vorbei an dem Lift, den er sonst immer benutzen musste.

Als er mit Lydia und Jesus allein im Esszimmer ist, ergreift Jakob das Wort. »Wieso Bernd? Warum nicht alle? Und warum jetzt? Jesus, ich verstehe das nicht.«

»Es war seine Zeit.«

»Aber die haben doch alle ein Problem, ein Gebrechen, brauchen Hilfe. Warum nur er?«

»Ihr habt es selbst in der Hand, was ihr aus eurem Leben macht. Ihr braucht mich nicht wirklich. Ihr müsst nur mit dem Herzen hören, was euer Schöpfer euch sagt.«

»Ja, das kennen wir alle. Der Mensch denkt, aber Gott lenkt. Ich weiß auch, dass wir unser Schicksal in der Hand haben. Aber, jetzt, wo du gerade hier bist, und da sind so viele, denen du helfen kannst…«

Jakob schaut Jesus fragend, ja fast flehentlich an. Dieser lässt den Kopf in die Schulter sinken und sagt leise:

»Ich kann nicht jeden Menschen heilen, das ist nicht das, wofür ich hier bin. Tröste dich, das ist auch für mich nicht immer leicht auszuhalten.«
Er steht mit einem Ruck auf.
»Jetzt will ich mich etwas ausruhen, ich bin müde. Und danach gehen wir in den Zoo. Das hast du mir versprochen.«

»Ja, Jesus ich weiß. Wir sehen uns am Eingang. Um halb vier!«

Jesus blickt aus dem Fenster des Essensraums, scheint wieder in Gedanken, antwortet nur mit einem entfernten »Ja, ja, bis dann!«, und geht zur Tür. Dann dreht er sich doch noch einmal um und fragt:
»Sehen wir uns heute noch, Johannes?«

»Ja! Jakob!«, antwortet der Pfarrer leicht genervt. »Um halb vier! Am Eingang!«

»Wieso nennst du mich Jakob? Ich heiße Jesus! Und was ist um halb vier am Eingang? Ach, sag es Lydia, ich muss mich erst mal hinlegen, ich bin plötzlich so müde. Auf Wiedersehen, Johannes.«

Leicht gesenkten Hauptes geht er auf sein Zimmer in der ersten Etage. Lydia, die alles mitgehört hat, nickt Jakob zu. Das bedeutet: »Ich sorge dafür, dass er rechtzeitig da ist.«

Jakob wirft ihr einen Luftkuss zu und zieht seine Jacke an. Dann geht er zur Ausgangstür. Sie gleitet nicht auf, das hatte er erwartet. Sie blockiert immer, wenn er hindurchgehen will. Er blickt nach hinten. Lydia hält sich die Hand vor das Gesicht, damit er ihr Lachen nicht sieht. Dann macht sie schnell ein paar Schritte an seine Seite, der Bewegungsmelder reagiert und die Tür gleitet leise auf.

Jakob lächelt Lydia dankend an und bekommt zum Abschied einen Kuss auf die Wange. Er errötet und tritt wortlos in die frische Frühlingsluft hinaus.

Soll er dieses Wunder dem Papst melden? Soll er sich alle Krankenunterlagen besorgen, kopieren, einen Arzt beauftragen, Bernd zu untersuchen? Einen unparteiischen Gutachter hinzuziehen und dann das Paket gebündelt nach Rom schicken?

Wieder einmal? Nur um dann zu erfahren, dass die Beweise angeblich nicht ausreichen. Er solle sich nicht entmutigen lassen, aber mit halben Wahrheiten sei nun einmal niemandem geholfen.

Vielleicht sollte er einfach mal die Seiten wechseln und den Kreuzrittern seine Unterlagen zuspielen? Ob es den Kollegen auf der anderen Seite ähnlich ergeht? Ungewollt kommt Jakob ins Grübeln.

Ein leichtes Klopfen aus der Ferne holt ihn aus seinen Gedanken. Jesus steht am Fenster und winkt. Er wirkt traurig, selbstvergessen.

Jakob seufzt. Nein, das mit den Kreuzrittern ist natürlich Unfug. Er weiß, auf welcher Seite er steht. Auf der Seite von Jesus, und damit wohl zwangsläufig auch auf der Seite der Kirche.

Auf der anderen Straßenseite schließt sich leise ein elektrisches Autofenster. Peter und Paul beschließen, ebenfalls Mittagspause zu machen. Sie wissen, vorerst wird hier nichts geschehen. Sie werden warten, bis Jesus seine Wohnung wieder verlässt. Das Haus selbst ist für sie tabu. Anweisung des obersten Kreuzritters.

Der Mittagsspaziergang

Während Jesus noch am Fenster steht und dem Pfarrer nachschaut, klopft es leise an seiner Tür.

»Ich bin die Gerda, und ich kann nicht schlafen«, hört man eine piepsige Stimme. Jesus lächelt und geht langsam zur Tür. Er ahnt schon, was er gleich wieder hören wird.

»Du kannst auch nicht schlafen, nicht wahr? Jesus, dann lass uns doch einfach ein wenig spazieren gehen. Das macht den Kopf klar und es ist immer so unterhaltsam, wenn du mir eine deiner Geschichten erzählst.«
Gerda wirkt heute besonders zerstreut.

Jesus nickt freundlich, setzt seine Baseball-Kappe auf und verlässt mit Gerda das Seniorenheim. Als sie die Tibusstraße verlassen und auf den Aa-Seitenweg abbiegen, hakt Gerda sich bei Jesus unter und blickt ihn glücklich an. Die Spaziergänge mit Jesus sind für sie immer etwas Besonderes.

»Nun?«, fragt sie nach ein paar Minuten des stillen Spazierengehens. Als Jesus nicht reagiert, setzt sie nach. »Leg los! Erzähl mir eine Geschichte.«

Etwas gedankenverloren schaut Jesus erst zu Gerda, dann blickt er sich um. »Ah, die Überwasserkirche! Ist es nicht faszinierend, was man vor fast 700 Jahren schon bauen konnte? Ich glaube nicht, dass eines der Häuser, die heutzutage gebaut werden, so lange halten werden. Wollen wir hineingehen?«

Gerda schüttelt den Kopf.

»Nein! Lass uns lieber in das Antiquariat da vorne gehen. Die haben so schöne alte Bücher. Ich liebe Geschichten von früher. Wusstest du, dass die dort sogar einen Krimi gedreht haben?«

»Ja, Gerda. Kommissar Wilsberg, einer meiner Lieblingskrimis. Die gibt es aber auch als Bücher!»

»Na klar, es gibt immer erst ein Buch, bevor es einen Film dazu gibt. Aber der Kommissar heißt nicht Wilsberg, der heißt anders.«

»Du meinst Hans Christian? Ich glaube nicht, dass der Krimis geschrieben hat. Und es gibt auch Filme, die nicht vorher ein Buch waren.«

»Jesus, nun mach mal keine Witze. Du weißt genau, was ich meine. Lass mich nachdenken … Der hieß wie diese Stadt im Norden. Irgendwas mit B.«

»Bielefeld?«

»Genau, Bielefels. Und dann nenn mir doch mal einen Film, den es vorher nicht als Buch gab!«
Sie schaut ihn trotzig an.

»Es heißt Bielefeld. Mit ›d‹ am Ende. Und der Kommissar heißt nicht Bielefeld. Bielefeld ist nämlich eine Stadt. Und dDer Kommissar ist auch kein Kommissar, sondern eine Kommissarin, eine Frau, und die heißt Springer.«

»Bielefels!«, antwortet Gerda trotzig. »Kommissar Bielfels!«

»Wie denn jetzt, Bielefels oder Bielfels?«
Jesus verliert langsam die Geduld.

»Bielfels? So ein Quatsch! Bielefeld!«
Gerda erhebt die Stimme. Ein vorbeihuschender Radfahrer ruft:
»Bielefeld? Das gibt's doch gar nicht!«, dann verschwindet er
schon um die nächste Häuserecke.

Der Mann aus dem Antiquariat ist inzwischen aus der Tür getre-
ten und hört den beiden Streithähnen belustigt zu. Dann fragt er
freundlich: »Kann ich irgendwie helfen?«

Gerda schaut ihn irritiert an, dann blickt sie zu Jesus? Sie scheint
Jesus nicht mehr zu erkennen.

»Wer sind Sie beide? Was wollen Sie von mir? Kann man nicht
einmal ungestört hier spazieren gehen?«
Empört dreht sie sich um und stapft zurück in die Richtung der
Aa.

Jesus schaut den Ladenbesitzer an, dann zuckt er die Schultern
und geht Gerda hinterher. *Sie wird auch immer merkwürdiger,*
denkt er.

Nach wenigen Schritten hat er sie eingeholt und fasst sie vorsichtig an der Schulter. Gerda bleibt stehen und dreht sich um,
erst böse dreinschauend, dann freundlich.

»Jesus! Schön, dass du hier bist. Du glaubst nicht, was mir eben passiert ist. Da hat mich doch so einer frech von der Seite angequatscht und mir irgendwelchen Unsinn über Bielefeld erzählt. ›Warten Sie, bis Jesus hier ist‹, habe ich ihm gesagt, ›dann können Sie was erleben!‹

Dann habe ich mich umgedreht und bin einfach weggegangen. Wieso bist du denn nicht früher gekommen?«
Die alte Frau schaut Jesus fragend an.

»Gerda, weißt du denn gar nicht mehr…?», fragt er sie.

»Was denn?« Sie antwortet trotzig.

»Ach nichts, ist schon gut.«
Jesus spürt eine Traurigkeit aufkommen und wischt sich eine Träne aus dem Auge.

»Das sagen sie immer. Und nichts ist gut!« Gerda ballt die Fäuste zusammen. »Ich glaube, ich werde langsam alt«, sagt sie zerknirscht. »Es ist nicht mehr alles so wie früher.«
Sie lässt den Kopf hängen, ein oder zwei Sekunden, dann blickt sie wieder zu Jesus auf und fragt: »Lust auf einen Spaziergang?«

»Ja, gerne! Eine gute Idee! Und ich erzähle dir ein paar Geschichten aus meiner Zeit als Friedensreiter für den westfälischen Frieden.»

»An den Originalschauplätzen? Dann lass uns hochgehen zum

Dom!« Gerda hakt sich wieder ein und schaut Jesus erwartungsvoll an.

»Also, es war vor fast 400 Jahren…«

»376! Du musst schon genau sein, sonst macht das keinen
Spaß!«, unterbricht Gerda.

»Na schön, dann fange ich noch einmal an. Es war im Jahre
1648, da wütete der Krieg hier schon 30 Jahre. Die Bevölkerung
war müde, krank und ausgebrannt, viele Orte waren verwüstet
und viele konnten sich gar nicht mehr daran erinnern, weshalb
der Krieg überhaupt ausgebrochen war.«

»Der Prager Fenstersturz!«, unterbricht Gerda erneut.

»Ja. Die Landnahme durch die Kreuzritter hatte die Kirche und
die Priesterschaft erzürnt. Sie fürchteten um ihr Glaubensprivi-
leg und verlangten den Bau von Gotteshäusern in den Städten
auf Kosten der Kreuzritter. Die waren natürlich nicht bereit ihr
Vermögen zu verkleinern und warfen im Verlauf einer hitzigen
Debatte die drei Priester aus dem Fenster.«

»Ja, aber es war nicht sehr tief und ihr Sturz wurde durch allerlei
Gestrüpp abgemildert, so dass sie kaum verletzt wurden.«

»Willst du weitererzählen, Gerda?«

»Nein, entschuldige! Ist mir so rausgerutscht. Aber du hast mir
die Geschichte schon einmal erzählt, weißt du?«

»Einmal, Gerda? Bestimmt hundert Mal!«

»Och, nun übertreibst du aber!«
Gerda wirkt eingeschnappt, als Jesus den Faden wiederauf-
nimmt. Inzwischen haben Sie den Domplatz erreicht und blicken
auf das Rathaus.

»Hier im Friedenssaal haben sich vor fast genau 376 Jahren die
spanischen und niederländischen Gesandten getroffen und den
Friedensvertrag unterzeichnet. Ich hatte mir fest vorgenommen,
dieses Mal keinen Fehler zu machen und mich aktiv aus dem
ganzen Geschehen herausgehalten. Ich war als Bote unterwegs,
so wie ich ja auch Bote von Gottes Wort bin.«

»Untertreibst du da nicht ein bisschen? Schließlich bist du ja
auch sein Sohn!«
Gerda schaut Jesus fest an.

»Ja, Gerda, aber du kennst meine Geschichte. Ich habe das Gefühl, je mehr ich mich in das Leben der Menschen eingemischt
habe, umso mehr habe ich kaputt gemacht. Vielleicht wäre schon
längst Frieden auf der Welt, wenn ich nicht immer wieder einge-
griffen oder nichts getan hätte.«

»Du brauchst eine Therapie!« Gerda nimmt Jesus Hand. »Ich
kann mir nicht vorstellen, dass unsere Welt anders aussehen
würde, wenn du nicht genau das gemacht hättest, was du gemacht hast. Ich glaube, dass sonst viel mehr schiefgelaufen
wäre. Du hast das schon alles richtig gemacht.« Sie tätschelt
seine Hand und fordert: »Erzähl weiter!«

»Also, ich war etwa zwei Jahre als Bote, oder eben Friedensreiter, unterwegs. Ganz Europa war damals im Krieg miteinander, das war leider nicht viel anders als die beiden ›modernen‹ Weltkriege. Spanien, Niederlande, Schweden, Dänemark, deutsche Fürstentümer, Kreuzritter, der Papst, alle waren verfeindet.

Ich war damals in der Obhut von Adam Adami, in dessen Kloster an der Weser ich als Mönch untergekommen war. Er war bei der Unterzeichnung als Abgesandter der Kirche zugegen. Er hatte auch die Idee, mich als Friedensreiter einzusetzen, damit die Verhandlungen endlich zu einem Ende kamen und es keine Pannen gab.
Es waren andere Zeiten damals. Kurz vor der Vertragsunterzeichnung war bereits Herbst, es war nass und kalt, die Wege waren kaum befestigt. Das waren früher noch richtige Jahreszeiten, im Winter fiel Schnee und es wurde eiskalt.«

»Das kenne ich auch noch, schön war das damals.«

»Ja, wenn man nicht auf einem Esel unterwegs sein und wichtige Botschaften hin und her transportieren musste.«

»Du bist auf Nikolas geritten? Ich dachte, die Friedensreiter wären alle auf stolzen Rössern durch die Lande geritten.«

»Die meisten schon. Aber Nikolas ist halt Nikolas, und er wollte unbedingt dabei sein.»

»Geht es ihm gut? Ist er immer noch im Zoo?«

»Ja, Gerda. Er erfreut sich gerade besonderer Beliebtheit im

Streichelzoo, bei den Kindern und bei den Eselsdamen. Ich werde ihn nachher besuchen.

Damals war er mir aber ein treuer Gefährte und wir trotzten zusammen Wind und Wetter. Ich glaube, ohne ihn wäre mir dieses tägliche Hin und Her zwischen Münster und Osnabrück schwergefallen.

Hättest du gedacht, dass die Depeschen, also die früheren Briefe, nur einen Tag unterwegs waren? Daran könnte sich die heutige Post noch ein Beispiel nehmen.«

»Vielleicht sollten sie besser Esel einsetzen als Elektroautos?«, feixt Gerda.

»Sollen wir uns das Bild anschauen?«, fragt Jesus mit großen Augen. »Das Gemälde von Gerard ter Borch, das er von den Unterzeichnern des Friedensvertrages gemalt hat? Es hängt seit der 375-Jahrfeier im Friedenssaal.«

Gerda nickt.

»Und du bist wirklich darauf zu sehen?«

»Ja, wirklich. Der Mann mit den blauen Strümpfen und dem Rotkäppchen-Cape deckt mich zwar etwas ab, aber wenn man weiß, dass ich es bin, sieht man es sofort.«

Als beide Arm in Arm die Treppe zum Rathaus hochgehen, reißt Gerda sich plötzlich los. Sie schaut Jesus mit großen Augen an.

»Junger Mann, was fällt Ihnen ein? Wer sind Sie?«

Jesus lässt verzweifelt die Schultern sacken und bemüht sich, keine Aufmerksamkeit zu erregen.

»Gerda, ich bin es doch, Jesus, dein Zimmernachbar. Wir machen hier einen kleinen Spaziergang.«

»Ich bin müde, ich will nach Hause. Sind Sie so nett, Jesus?« Sie betont seinen Namen besonders und reicht ihm ihren Arm.

Langsam und in Gedanken verstrickt gehen beide Arm in Arm die Straße ›Am Drubbel‹ entlang zurück zur Seniorenresidenz. In Gedanken hört Jesus das Getrappel der Pferde auf dem Pflaster und lächelt in sich hinein.

Eigentlich hatte er sich damals ja nicht einmischen wollen, aber ohne ihn wäre der Westfälische Friede wohl nicht zustandegekommen und Europa, oder sogar die ganze Welt immer noch zerstritten. Seine Gedanken fliegen zurück in das Jahr 1648.

Jesus als Friedensreiter

Es war schon ein Meisterstück an Logistik, die Verhandlungen mit so vielen Parteien an zwei verschiedenen Orten zu führen. Das war aber nötig geworden, weil einige Gesandte sich weigerten, mit den jeweils anderen zu reden. Um alle Parteien auf dem Laufenden zu halten, wurde ein ›Friedensweg‹ festgelegt, auf dem alle militärischen Aktionen verboten waren.

Eigentlich hatte Jesus geplant, bei der Feier zur Fertigstellung der Taj Mahal anwesend zu sein. Er hatte Jahre vorher die Eingangstore entworfen und angefertigt und wollte sehen, wie das Gesamtwerk nun aussah.

Stattdessen ritt er auf seinem Esel zwischen Münster hin und her und transportierte Post. Aber er sah dies als ehrenvolle und wichtige Aufgabe an, zumal es durch die örtliche Distanz zwischen den Streitparteien leichter war, eine Einigung zu erzielen.

Ganz ungefährlich war dieser Postdienst allerdings nicht. Obwohl sich die militärischen Parteien an die Neutralität der vereinbarten Friedensroute hielten, kam es immer wieder einmal zu merkwürdigen Ereignissen. Eine Woche vor der geplanten Unterzeichnung des Friedensvertrages erkrankten auf mysteriöse Weise fast alle Pferde, die auf der Strecke Münster-Osnabrück eingesetzt waren. Sie warfen sich von einem Moment auf den anderen auf den Boden, wälzten sich, litten offenbar unter Koliken.

Rasch stellte sich heraus, dass das Futter, das auf der Strecke für die Botenpferde bereitgehalten wurde, vergiftet worden war. Man versuchte, die ausgefallenen Pferde durch andere zu ersetzen, aber diese waren entweder im Kriegsdienst oder in der Landwirtschaft unentbehrlich.

Die Suche nach dem Täter verlief erfolglos, aber auch ohne Beweise war es den meisten klar, dass diese Tat im Auftrag der Kirche erfolgt war. Ihr war nicht an einem Frieden gelegen, da dies die Kraft der Kreuzritter wieder gestärkt hätte. Deshalb wurde der Westfälische Frieden nach Vertragsabschluss von der Kirche auch nicht anerkannt.

Nikolas war als einziges Reittier von der Vergiftung verschont geblieben. Er hatte das Heu nie angerührt, sondern zog es stattdessen vor, einfach mal am Wegesrand stehen zu bleiben und frisches Gras zu fressen. Sehr zum Ärger von Jesus, der dann warten musste, bis sein Freund seine Mahlzeit beendet hatte.

So kam es, dass Jesus mit Nikolas tatsächlich drei Tage lang allein als Friedensreiter zwischen den beiden Städten unterwegs war.

Kurz vor der Seniorenresidenz kehrt Jesus aus seinen Gedanken wieder zurück in die Gegenwart.

»Wir sind da, Gerda.«

»Das sehe ich selbst, junger Mann. Danke für die Begleitung. Den Rest finde ich alleine.«

Wortlos schaut Jesus Gerda zu, wie sie ohne ein weiteres Wort den Weg zum Eingangsportal hochgeht. Hat sie ihn wieder komplett vergessen, ist er aus ihren Erinnerungen gelöscht? Ob es ihm irgendwann ähnlich gehen wird? Ihm, dem Sohn Gottes?

Die Kirchturmglocke schlägt erst dreimal, dann viermal. Es ist 15 Uhr. Zeit, sich auf den Weg zu machen. In einer halben Stunde ist er mit Jakob am Zoo verabredet. An welchem Zoo? Jesus wird schlagartig bewusst, dass sie gar nicht vereinbart haben, ob der alte oder der neue Zoo gemeint ist.

Münster ist wahrscheinlich die einzige Stadt Deutschlands, die zwei zoologische Gärten besitzt. In den achtziger Jahren platzte der Zoo an der Promenade aus allen Nähten. Daher wurde ein neuer Zoo vor den Toren der Stadt geplant, ein Gelände dafür wurde von der Stadt Münster gekauft.

Der damalige Oberbürgermeister Olaf Scholz hatte jedoch Probleme, sich zu entscheiden, ob der Zoo auf dem neuen Gelände neu aufgebaut werden oder auf dem alten Gelände verbleiben sollte. Er nahm sich tatsächlich drei Amtsperioden Zeit, zu einer Entscheidung zu finden. Und diese war letztendlich ein Kompromiss: Der alte Zoo sollte zum Teil bestehen bleiben und zusätzlich ein neuer, moderner Zoo vor den Toren Münsters gebaut werden.

Aufgrund dieses zögerlichen Verhaltens nannten die Münsteraner zögerliches Verhalten seitdem *scholzen*. Aufgrund seiner Fistelstimme gaben sie ihrem Oberbürgermeister den Spitznamen *Mimimi*. Er hat nie den Sprung in die große Politik geschafft.

Der Streichelzoo, das Naturkundemuseum und einige wenige Gehege wie der Eulenturm sind auf dem alten Zoogelände verblieben. Also ist für Jesus die Entscheidung klar: Alter Zoo! Hier hat er Nikolas untergebracht.

Er macht sich pfeifend auf den Weg zur Promenade, dem alten Befestigungswall, der ihn direkt zum Zoo führt.

Im Zoo

Um 15.30 Uhr vor dem Eingang zum Zoo geht Jakob auf und ab. Er wartet schon seit zehn Minuten hier und schaut ungeduldig auf seine Uhr. Es ist nicht voll, nur ein paar Leute stehen vor den beiden Kassenhäuschen, auch auf dem Parkplatz stehen kaum Autos, und ein Reisebus. Es ist Donnerstag, mitten in der Woche, da ist es immer etwas ruhiger. Eine schöne Zeit, wenn man sich die Tiere in Ruhe ansehen möchte. Allenfalls ist mal eine lärmende, Popcorn essende Schulklasse um diese Zeit im Tierpark. Die meisten interessieren sich für den großen Zoo nahe Roxel. So hat man hier Zeit und Gelegenheit, sich einmal länger mit einem Tier zu beschäftigen und nicht nur an den wenigen Gehegen vorbei zu schlendern.

Die blonde Kassiererin aus dem linken Kassenhäuschen schaut zum Pfarrer hinüber und lächelt ihm zu. Vermutlich denkt sie, Jakob wartet auf seine Freundin.

Ein paar kleine Wolken haben sich vor die Sonne geschoben, aber es sieht nicht nach Regen aus. Ein schöner Tag für einen Zoobesuch. Jakob schiebt den Hemdsärmel hoch und schaut wieder auf die Uhr. 20 vor vier.

»Davon vergeht die Zeit auch nicht langsamer!«, sagt plötzlich eine Stimme direkt neben seinem Ohr. Jakob schrickt zusammen und dreht sich um.

»Jesus! Habe ich mich erschrocken! Wo kommst du denn her? Ich habe dich gar nicht kommen gesehen.

Bist du etwa … teleportiert …?«

Seine Stimme klingt leicht vorwurfsvoll.

»Nein, mein Freund. So etwas mache ich nur, wenn es wirklich wichtig ist. Wir, du, ich und der Papst, wir wollen ja schließlich hier keinen Volksauflauf, oder? Ich war noch mit Gerda am Rathaus und den Rest bin ich zu Fuß gegangen.«

Er klopft Jakob freundschaftlich auf die Schulter, dann zieht er ihn mit einer Hand zum Kassenhäuschen.
»Lass uns hineingehen. Wir können später noch einkaufen gehen!«

Der Pfarrer muss noch an das bewegende Ereignis am Mittagstisch denken.

»Ja, machen wir. Ist alles okay im Altenheim? Wie geht es Bernd?«

»Wunderbar. Er macht gleich einen ausgiebigen Spaziergang mit Lydia. Ich glaube, er ist in sie verliebt.«

Der Pfarrer schüttelt den Kopf. Verliebt? Aber warum auch nicht. Wer sagt denn, dass alte Menschen sich nicht mehr verlieben können. Schließlich kennt er einen, der es nach 2000 Jahren noch kann.
Ein leichter Wind kommt auf und fegt Papierschnipsel vom Parkplatz über den Gehweg zum Abfalleimer. Jesus zuckt mit den Schultern und hebt beide Arme. Das soll heißen: Ich war das nicht!

Beide gehen gemeinsam auf die Kasse zu, Jakob stellt sich an das linke Kassenhäuschen und zeigt seine Jahreskarte vor. Die Verkäuferin lächelt freundlich. Jetzt erst sieht man Möhrenreste zwischen ihren Zähnen. Neben der Abrissrolle mit den Eintrittskarten liegt eine angebissene Möhre. Jakob lächelt zurück, sie winkt ihn durch in den Eingang.

Jesus stellt sich an das rechte Häuschen und verlangt eine Seniorenkarte.

»Wie alt sind Sie denn, junger Mann?«. fragt die Verkäuferin süffisant. Sie schiebt ihre schwarze Hornbrille ganz langsam zur Nasenspitze und schaut Jesus mit ihren großen, braunen Augen an.

»2023!«, antwortet Jesus, ohne eine Miene zu verziehen.

Der Pfarrer hört dies noch aus dem Ohrenwinkel und dreht sich abrupt um. Oh nein, bitte nicht jetzt! Er möchte am liebsten im Boden versinken. Fremdschämen. Ungewollte Aufmerksamkeit.

Die rothaarige Verkäuferin öffnet die Verbindungstür zwischen den beiden Kassenhäuschen und wendet sich an ihre Kollegin.

»Ach, hier, schau mal an. Guck mal, Sabine! Ein Dinosaurier kommt uns besuchen. Das ist ja nett.« Sie dreht sich wieder Jesus zu. »Da müssen Sie ja gar keine Karte kaufen, alter Mann! Leute ab 1000 Jahren dürfen umsonst herein.«

»Ach, das ist ja prima, danke!«, sagt Jesus und marschiert an der verdutzten Verkäuferin vorbei in den Tierpark. Jakob hetzt ihm hinterher und fragt sich, ob Jesus den Sarkasmus nicht verstanden hat. Merkwürdigerweise macht die Verkäuferin keine Anstalten, Jesus aufzuhalten oder ihn zurückzurufen. Sie schaut erst verdutzt hinter ihm her, dann schüttelt sie den Kopf und kassiert den nächsten Kunden.

Immer für eine Verwunderung gut, dieser Mann. Jakob lächelt in sich hinein. Jesus steuert, wie immer, als erstes nach rechts, zu den Eulen. Manchmal kann er eine halbe Ewigkeit vor ihrem Gehege stehen und ihnen in ihrer Bewegungslosigkeit zuschauen.

»Du glaubst nur, dass sie sich nicht bewegen«, belehrt er dann jedes Mal Jakob. »In Wirklichkeit sind sie immer in Bewegung. Achte auf ihr Gefieder, dann kannst du ihren Puls spüren. Schau doch!«

Diesmal jedoch ist es anders. Die Eulen hüpfen aufgeregt im Gehege hin und her, flattern wie aufgeschreckt herum. Schließlich lassen sie sich auf den knorrigen Ästen nieder, immer zwei auf einem Zweig.

Jakob schaut Jesus fragend an, der schaut wie ein Unschuldslamm zurück und zuckt die Schultern. Der Pfarrer schaut nach rechts ins Schafsgehege. Da sind die kleinen Zotteltiere. In vier Zweierreihen stehen sie da und schauen fragend herüber.

Links im Teich, die Gänse. Kein Geschnatter, kein Geplantsche. Sie schwimmen da, aufgereiht wie an einer englischen Supermarktkasse, in Zweierreihen. Die Köpfe bewegen sich leicht im Wind, kein Ton fällt.

Während Jesus langsam weiterschlendert, läuft Jakob aufgeregt den Weg hinauf zu den Bären. Beide stehen nebeneinander brav vor ihrer Käfigtür, als würde sie jeden Moment geöffnet werden. Etwas weiter das gleiche Bild im Gehege bei den Ponys und Rindern. Wie in soldatischer Ordnung gruppiert stehen sie in Zweierreihen, erst die Ponys, dann die Rinder.

Als Jakob wieder zu den Eulen zurückgehen will kommt Jesus ihm gerade entgegen geschlendert. Er hat einen Lutscher in der Hand.

»Schau mal, den hat mir der kleine Junge da geschenkt.«

»Jesus, ich verstehe das nicht. Was soll das? Wir sind hier doch nicht in der Arche Noah!?»

»Ach das! Die Tiere sind etwas verwirrt, sie spüren wohl, dass etwas in der Luft ist. Sie sind da viel feinsinniger als die Menschen.«

»Aber was spüren sie? Kommt eine neue Sintflut? Jesus!?«

Am liebsten würde er ihn am Kragen nehmen und schütteln. Jesus leckt an seinem Lutscher und schaut völlig unschuldig aus seinem Jogginganzug.

»Sintflut? Jakob, was lernt ihr denn für einen Unsinn im Priesterseminar? Natürlich kommt keine Sintflut. Woher denn auch? Oder hast du gesündigt?«

Der Pastor läuft leicht rot an, er muss spontan an Marlene denken. Aber nein, das ist ja keine Sünde. Intern ist das Zölibat längst abgeschafft, niemand wird mehr wegen seiner körperlichen Liebe zu einer Frau verurteilt. Und nicht ohne Grund sind seit über 40 Jahren nur Frauen über 18 Jahren als Messdienerinnen zugelassen. Die Kirche sorgt sich um ihre Schäfchen.

»Nein!«, sagt Jakob etwas kleinlaut. »Alles gut!«

»Dann gibt es auch keine Sintflut!«, lacht Jesus und ruft noch einmal extra laut: »Es gibt keine Sintflut!«
Nach und nach lösen sich die Formationen wieder auf, Jakob bemerkt jetzt erst die ›Marschkolonne‹ der Spatzen vorne am Kassenhäuschen, die nun wild flatternd in alle Richtungen auseinanderfliegt.

Mit diesem Mann ist immer etwas los, aber heute ist es besonders auffällig. Er zeigt eindeutig Zeichen beginnender Demenz. Aber ist das bei Gottes Sohn möglich?

Jakob schreckt auf, als Jesus laut ruft: »Mist! Kirsche! Ich dachte, es wäre Erdbeere. Der kleine Lümmel hat mich angelogen!«

Jesus schaut sich entrüstet um, kann den Jungen aber nirgendwo mehr entdecken. Er steckt den Lutscher in den Mund.

»Jesus! Was soll das denn heißen? Immerhin hat er ihn dir geschenkt! Einem geschenkten Gaul schaut man nicht ins Maul.«

»Ja, das ist wahr. Entschuldige. Erinnere mich bitte, dass wir nachher im Supermarkt Kirschlutscher kaufen, ja?!«

»Erdbeere!«

»Meinetwegen auch Erdbeere, wenn du das magst.«

Jakob nickt stumm, Jesus ist wirklich durcheinander heute. Ein Anflug von Traurigkeit überkommt ihn. Er blickt noch einmal zum Kassenhäuschen, wo jetzt beide Kassiererinnen vor der Tür stehen und zu ihnen hinüberschauen. Sicherlich haben sie auch das merkwürdige Verhalten der Tiere bemerkt. Oder sie überlegen, ob sie Jesus doch wieder zurückholen und ihn für seinen Eintritt bezahlen lassen sollen.

Jakob schaut zur Seite. Jesus!? Wo ist der schon wieder? Kaum ist Jakob mal in seinen Gedanken unterwegs, macht Jesus sich aus dem Staub.

Dieses Mal ist keine Blätterspur zu sehen. Also ist detektivischer Spürsinn gefragt. Oder Intuition. Mal überlegen, wo ist Jesus nach den Eulen am liebsten?

Mit einem leisen ›Plopp‹ fällt neben Jakob eine Nuss auf den Gehweg. Jakob schaut hoch. Ein Eichhörnchen. Es deutet mit der linken Vorderpfote nach hinten, zurück zum Eingang.

Na klar, der Streichelzoo bei den Eichhörnchen und Jesus' Esel Nikolas.

»Hätte ich auch so gewusst!«, ruft Jakob trotzig dem Eichhörnchen zu und macht sich dann auf den Weg. Er wundert sich, dass er soeben mit einem Eichhörnchen geredet hat.

Jesus sitzt auf einer kleinen Bank im Streichelzoo und redet mit Nikolas, dem Grauen. Auch wenn der Esel nur Kau- und Schmatzgeräusche, gelegentlich auch mal ein Wiehern, von sich gibt, scheint Jesus ihm doch interessiert zuzuhören. Was für eine Jahrtausende alte Freundschaft mag die beiden verbinden?

Als der Pfarrer auf ihn zutritt, schaut der Esel kurz auf, lässt sich aber weiter streicheln. Er stupst Jesus an, der sich dann zu Jakob umdreht. Im Mund hat er jetzt auf einmal gleich zwei Lutscher.

»Kirsche und Orange, Kevin hat mir noch einen geschenkt!« Er lächelt und winkt dem kleinen Jungen, der gerade eine Ziege füttert, zu. »Die mag ich!«

Er zieht beide Lutscher schmatzend aus dem Mund und hält sie Jakob hin.

»Hier nimm, die musst du auch mal probieren!«
Jakob lehnt leicht angewidert die beiden angebotenen Lollies ab.

»Nein danke. Ich steh nicht so auf Süßes!«

»Das ist mir aber neu!« Jesus schiebt sich die Lutscher wieder in den Mund, in jede Wange einen. »Und was ist mit Eiscreme, Kuchen, und … Marlene?«

Der Pfarrer verzichtet auf eine Antwort, das war bestimmt eine rhetorische Frage. Und Marlene, das will er auch nicht näher erklären. Nicht, so lange Jesus nicht erzählt hat, was zwischen ihm und seiner Freundin Anna momentan läuft. Und wie das weitergehen soll. Da scheint mehr zwischen den beiden zu sein als Jakob wissen soll.

»Bernd hat ein Aquarium.« Jesus spricht Jakob unvermittelt an. »Da könnte ich stundenlang zusehen. Wieso gibt es hier kein Aquarium? Ich werde mich beschweren. Setz dich, Johannes. Ich möchte dir etwas erzählen.«

Jakob greift sich die Tüte Popcorn, die Jesus wie aus dem Nichts in der Hand hat und ihm entgegenhält und setzt sich zu ihm. Der Graue schaut ihn kurz an, trottet dann zu Kevin hinüber, der gerade frisches Futter aus dem Automaten zieht.

Jesus schaut zu, wie Kevin dem Esel die flache Hand mit dem Futter hinstreckt.

»Es ist schön zu sehen, wie unbefangen Kinder noch sind. Ich könnte ihnen den ganzen Tag zusehen. Und den Fischen. Nikolas ist ein Esel, aber er wird ewig auch wie ein Kind bleiben. Wie schön!

Jakob, wie oft habe ich dir schon die Geschichte vom Konzil in Nicäa erzählt?«

»Ach, so drei- bis vierhundert Mal.«

Jesus stutzt und schaut ihn fragend an.

»Nein, das war ein Scherz. Zweimal, glaube ich. Aber gewiss gibt es da Sachen, die du noch nicht erzählt hast. Das war schließlich ein Wendepunkt in unserer Geschichte.«

»Wendepunkt … Na ja, kann man so sehen, wenn man will. Es war zumindest ein wichtiger Moment. Fast 300 Jahre hatten sich meine Anhänger bis dahin verstecken müssen. Sie hielten die Messen nur heimlich ab, zum Teil unter dem Schutz der Kreuzritter, die hofften, mich dort irgendwo zu finden.

Ich glaube, dass ihre Motive damals wirklich noch ehrenhaft waren. Als Nachfolger des obersten Kreuzritters hatte mein alter Freund Johannes einen beachtlichen Apparat aufgebaut, der sich selbst finanzierte und mit, meist legalen, Geschäften zu ständig wachsendem Reichtum gelangte. Sie wollten mich damals wirklich auf den Thron heben. Im Gegensatz zu den vielen römischen Kaisern, die das Christum ablehnten und seine Anhänger verfolgten.

Ich steckte damals wirklich in einer Zwickmühle. Meine Verfolger beschützten meine Anhänger, die römischen Kaiser aber trachteten mir nach dem Leben. Es war also unumgänglich, dass ich Constantin damals in dieser Nacht ins Gewissen redete. Ich war in dem Glauben, nur so zum Frieden beitragen zu können.

Leider war er, wie viele Menschen heute noch, in dem Glauben, nur ein starker Kriegsherr könne für wirklichen Frieden sorgen. Dass er ausgerechnet mit einem alten Fisch in die Schlacht ziehen würde, das hatte ich wirklich nicht gewollt. Aber egal, das Zeichen ist aus der Geschichte der Menschheit nicht mehr wegzudenken.«

»Was wäre, wenn!«, erinnert sich Jakob an das Spiel in der Mittagsrunde.

»Ja, wer weiß. Jedenfalls waren die Kreuzritter aufmerksam und stark genug, die Gunst der Stunde zu nutzen, um sich mit Constantin zu verbünden und einen, na ja, etwas dauerhaften Frieden zu erkämpfen.

Gut ein Dutzend Jahre nach unserer Begegnung und der Schlacht an der milvischen Brücke 312 lud Kaiser Constantin dann alle, Vertreter der Christen, der Kreuzritter und einige hohe staatliche Würdenträger, nach Nicäa ein. Es sollte eine große Zusammenkunft werden, sie war über Monate vorbereitet worden. Einladungen wurden mit berittenen Boten ins ganze Reich verschickt, hunderte Unterkünfte wurden hergerichtet.

Ich wohnte zu der Zeit bei dem Presbyter Arius, der von seinem Bischof Alexander von Alexandria verbannt worden war. Arius' Ansichten zur unteilbaren Göttlichkeit wurden geächtet und seine Lehren verboten. Trotzdem hatte er noch zahlreiche Anhänger unter den Christen, auch in höheren Positionen. So trachtete man ihm nicht nach dem Leben.

Als er 325 Kaiser Constantins Einladung erhielt, hoffte er, seine Auslegung der heiligen Schriften und seinen Standpunkt ein für alle Mal vor einem großen Publikum vortragen und festigen zu können.

Mit sehr viel Hoffnung ausgestattet, reiste er zu diesem Konzil. Ich ging in seinem Gefolge mit ihm, da ich auf ein positives Wiedersehen mit Kaiser Constantin hoffte. Und auf eine Beilegung der vielen Streitigkeiten um das Christentum. Schließlich hatte der Kaiser versprochen, es als Staatsreligion zu etablieren.

Der Prunk, mit dem wir empfangen wurden war der gleiche, mit dem sich die Kirche heute umgibt. Der Kaiser wollte die Menschen mit den Tagungsstätten am Iznik-See beeindrucken, und das ist ihm damals wahrlich gelungen.

Constantin jedenfalls war nach meiner früheren nächtlichen Ansprache und seinem großen Sieg in der folgenden Schlacht Feuer und Flamme für die Idee eines geeinten Kaiserreiches christlicher Prägung. Nie zuvor war der Versuch unternommen worden, so viele verschiedene Interessen, Meinungen und Forderungen an einen Tisch zu bringen.

Jetzt, wo sich die Menschen offen zu ihrem Glauben bekennen durften, wurde erst das Ausmaß der unterschiedlichen christlichen Ausprägungen deutlich. Am meisten erboste sich der Kaiser allerdings über Arius und seine Anhänger. Sie vertraten den Standpunkt, dass ich nicht göttlich sei, da ich, im Gegensatz zu meinem Vater, ja einen Anfang hätte, nämlich meine Geburt. Und Göttliches sei nun einmal unendlich. Ich wäre also nicht gerade sehr freundlich willkommen geheißen worden. Der Kaiser erkannte mich aber inmitten unserer kleinen Delegation nicht wieder.

Über drei Wochen waren für fast 300 Teilnehmer verschiedene Konferenzen und Gesprächsrunden vorgesehen und, ich muss sagen, ich war entsetzt, über welche Kleinigkeiten dort diskutiert wurde. Es schien mir mehr um Machtkämpfe, als um ein tatsächliches Interesse an der Gründung eines geeinten Reiches zu gehen. Jeder kämpfte verbissen darum, dass seine Sicht auf den Glauben und seine Deutung die richtige sei.

Für einige Tage konzentrierte sich der ganze Streit auf den armen Arius. Er verteidigte tapfer seine Auslegung der überlieferten Schriften und seinen Standpunkt, ich sei nicht göttlichen Ursprungs. Leider hatte er auch nicht gerade eine freundliche Art, sich mitzuteilen. Er wurde schnell beleidigend und in der Mitte der zweiten Woche befahl der Kaiser, alle Schriften des Arius öffentlich zu verbrennen. Er verbot, sich weiter mit diesem Gedankengut auseinander zu setzen.

Nun, durch diese Entscheidung bin ich nun offiziell doch göttlich. Jedenfalls dann, wenn mich einmal jemand anerkennt als der, der ich bin.

Tatsächlich mundtot gemacht wurden die Anhänger des Arius aber nicht. Und der Faden der Bücherverbrennung wurde in der neueren Geschichte ja leider wiederaufgenommen. In einer weitaus schrecklicheren gesellschaftlichen Umgebung.

Gedemütigt verließ der geächtete Arius Nicäa und ging zurück nach Alexandria, wo er zwei Jahre später beim Brand der Bibliothek ums Leben kam.

Der Kampf um die richtige Auslegung des Glaubens forderte in Nicäa dann noch viele Kompromisse und einsame Machtworte des Kaisers. Letztendlich konnte doch eine Abschlusserklärung von allen Anwesenden unterschrieben werden. Irgendwie erinnert mich das an die, nicht enden wollenden, Diskussionen in der

EU oder NATO. Die Menschen haben nichts dazu gelernt.

Tatsächlich wurde in Nicäa, fast 300 Jahre nach meiner Flucht aus Jerusalem, schriftlich festgehalten, welche meiner Wunder offiziell anerkannt wurden. Es wurde fleißig debattiert, weggelassen und dazu gedichtet, bis es passte. Irgendwann war es dann endlich so weit, das erste TESTAMENT, das Buch über das Wirken Gottes, wurde niedergeschrieben. Zwölf Kopien wurden verfasst und als Dekrete des Kaisers in alle Himmelrichtungen verteilt. Damit sollten ein für alle Mal die neuen Glaubenssätze festgeschrieben sein.

450 Jahre später wurde schon wieder ein neues Konzil fällig. Man konnte sich nicht einigen, ob es erlaubt war, Ikonen zu verehren und viele andere, neue Fragen waren aufgetaucht. Das TESTAMENT wurde umgeschrieben. Ihr Menschen seid so schwierig. Alles muss immer geregelt sein.

Viele weitere Konzile folgten, immer häufiger, zu immer neuen Fragen. Allein das Konzil zur Frage der Authentizität von Luthers *Fünf Bände über das Leben Jesus* war so etwas von unnötig. Ich war es doch, der ihm auf unserer Reise nach Rom alle Fragen beantwortet hatte. Gut, dass er dieses Konzil des Misstrauens nicht mehr erlebt hat, in dem seine Werke öffentlich angezweifelt wurden.

Aber zurück zu Nicäa. Sehr wichtig waren die Zusammenkünfte mit den Kreuzrittern und die Vereinbarung der Gewaltenteilung, die fast 1500 Jahre Bestand hatte. Die unter Anleitung des Kaisers neu gegründete Kirche sollte sich um die religiösen Belange kümmern. Die Kreuzritter waren verantwortlich für die Suche nach Jesus und die Mehrung des weltlichen Reichtums.

Ich war dem Kaiser behilflich, die Vereinbarung auszuhandeln. Er setzte von Anfang an großes Vertrauen in mich, obwohl er mich nicht wiedererkannte. Dabei war es doch nicht lange her, unser nächtliches Zusammentreffen. Und, um keine Probleme zu verursachen, hielt ich meine Identität auch vor ihm geheim. Auch vor den Kreuzrittern.

Ich war fasziniert davon, einmal nicht als der Sohn Gottes gesehen zu werden, sondern nur als ein einfacher Mensch. Niemand hat dort wunderbare Taten von mir erwartet, wie mein Vater. Jeder sah mich so, wie ich war.

Jene Vereinbarung war wohl das Dauerhafteste, das ich je geschaffen habe. Wäre es nicht 1908 zum Bruch der beiden Vertragspartner gekommen, hätte sie bestimmt heute noch Bestand. Und die Verträge wurden nur deswegen gebrochen, weil Papst Julian III. auch noch das Amt des obersten Kreuzritters innehaben wollte. Es gab so viele Ränke, Intrigen und Morde, das war eines Kirchenführers einfach unwürdig.«

Jesus schaut Jakob tief in die Augen.

»Und nun sitze ich hier, ein alter Mann mit dem Körper eines Dreißigjährigen, und beim Ansehen eines Kindes kommen in mir jahrhundertealte Erinnerungen hoch. Aber ich weiß nicht mehr, was ich heute Morgen gegessen habe. Schon merkwürdig. Manchmal frage ich mich, ob ich zu menschlich geworden bin. Kann ich, der Sohn Gottes, dement werden? Johannes, wo wollen wir jetzt hingehen? Zu den Büffeln?«

Jakob nickt nachdenklich. Langsam steht er auf. Kevin winkt den beiden zu, Nikolas schüttelt den Kopf, so dass die Ohren schlackern. Dann bedient er sich weiter aus Kevins offener Hand.

Nur wenige Schritte, dann sind sie bei den Büffeln. Dies sind Jakobs Lieblingstiere. Sie verfügen über eine ungeheure Kraft, die man in ihnen schlummern sehen kann, wenn sie völlig reglos im Sand liegen.

»So ruhig, so kräftig, und doch so gelassen. Ich bewundere sie immer wieder.«

Jesus nickt.

»Ja, ich weiß. Sie müssen ihre Kraft nicht ständig demonstrieren, so wie andere Spezies auf diesem Planeten. Ich kann dich in einen Büffel verwandeln, wenn du willst, Jakob!«

»Nein, um Gottes Willen, nein!« Jakob weicht ein Stück zurück, kommt dann wieder vorsichtig näher. »Kannst du das wirklich, Jesus?»

»Ich denke schon. Habe ich noch nie ausprobiert. Wozu denn auch? Es gibt ja schon eine Regelung, wer als was geboren wird.«

»Ach, und wer entscheidet das? Gott, dein Vater? Dann muss er ja ganz schön viel zu tun haben, bei den vielen Menschen. Und kann man sich auch etwas aussuchen? Oder wird man für schlechte Taten ›zurückversetzt‹? Gibt es eine Wiedergeburt?«

»Jakob, ich bin kein Buddhist, da musst du schon jemand anderen fragen! Ich finde Büffel heute langweilig. Lass uns zu den Fledermäusen gehen, und zu den Wölfen!«

Der Pfarrer fühlt sich etwas abgekanzelt, trottet aber hinter Jesus her, der sich mit dem letzten Wort auch sofort auf den Weg gemacht hat.

Mit dem Rotwild in Sichtweite und dem Damwild in Riechweite ziehen die Wölfe unruhig ihre Runden in ihrem Gehege. Man sieht es ihnen an, dass sie unter ihrer Gefangenschaft leiden. Jakob kann diesen Anblick nicht gut ertragen. Er schüttelt den Kopf und blickt dem Wolf, der hinter dem umgestürzten Baumstumpf hervorlugt, tief in die Augen.

Der Wolf erwidert den Blick und kommt, für den Pfarrer unerwartet, langsam näher, auf ihn zu. Ein braunes und ein blaues Auge schauen ihn aus einem dunkelgrauen Fell an. Jakob streckt die Hand aus, der Wolf schaut sie fragend an, dann steckt Jakob mutig die Hand durch das Gitter des Geheges und lässt den Wolf daran lecken. Er streichelt ihm über den Kopf, bis der Wolf sich schüttelt und wieder zurück an seinen Platz trottet. Jesus zuckt wieder einmal unschuldig die Schultern.

»Ich habe letzte Woche ein Buch gelesen, *Adam und der Wolf* heißt es.« Jakob ist von der Begegnung noch immer fasziniert. »Ein wunderschönes Buch. Da kommt auch so ein Wolf vor. Genauso einer, ein blaues und ein braunes Auge. Wirklich wahr!«

156

Jesus nickt abwesend und starrt auf die kleine Wasserfläche im Gehege. Seine Gedanken gehen wieder weit zurück.

»Was wäre gewesen, wenn ich damals nicht über das Wasser gegangen wäre? Wäre das Konzil dann auch ein Erfolg gewesen? Hätte der Pakt auch so lange gehalten, wenn sie das nicht für ein Wunder gehalten hätten?«

»Ich weiß nicht so recht, wo du gerade bist, Jesus.«
Der Pfarrer ist plötzlich besorgt. Jesus schweift mehr und mehr in die Vergangenheit hat, verliert den Bezug zur Realität.

»Ach, ich war in Gedanken noch einmal in Nicäa, als der Kaiser und der Oberste Kreuzritter feierlich ihre Vereinbarung unterschrieben hatten. Wir alle gingen an den See, um dort eine Messe abzuhalten. Es war direkt neben den Booten der Fischer, die ja ihren Anteil an dem heiligen Symbol des Fisches lieferten. Ich hielt meine Arbeit für erledigt. Messen waren damals nicht so mein Ding. Viel zu pompös. Nichts, worin ich mich wiederfinden konnte.

Auf dem See sah ich meinen alten Freund Chevros, einen Griechen auf dem See. Er holte gerade seinen Fang ein. Ich ging zu ihm, um ihm zu erzählen, welche großen Ereignisse in seiner Stadt stattgefunden hatten und welchen Anteil ich daran gehabt hatte. Wie damals in En Gedi ging ich einfach zu ihm, ohne auf das Wasser zu achten und natürlich, ohne einzusinken.

Hinter mir sank der Kaiser ohnmächtig zusammen, seine letzten Worte waren ›Er ist es, der Sohn Gottes! Er war die ganze Zeit unter uns.‹

Der Oberste Kreuzritter entdeckte mich auf dem See. Er befahl seinen Leuten, sofort zu mir zu gehen und mich ans Ufer zu holen. Die Kreuzritter aber knieten nur andächtig am Ufer nieder und ließen mich in Ruhe.

Was wäre gewesen, wenn Chevros nicht mit seinem Boot dort gewesen wäre? Wenn ich nicht über das Wasser gegangen wäre? Hätte das Konzil auch ohne das Wunder vor Zeugen so lange Bestand gehabt? Was wäre passiert?«

»Du wärest wahrscheinlich vor Langeweile in der Messe gestorben! Ups, entschuldige, Jesus. Das war respektlos. Tut mir leid!«

Der Pfarrer schaut verlegen auf seine Füße.

»Schon gut, Johannes. Ich kann Spaß verstehen. Wie kommt man am besten trockenen Fußes über den Bosporus?«

»Über die Brücke?«

»Nein! Die gab es damals noch nicht! Man muss nur aufpassen, dass die Füße nicht unter das Wasser sinken, hahaha!«

Jesus scheint wirklich Spaß an seinem eigenen Witz zu haben, Jakob lächelt müde. Dann winkt er Peter und Paul zu, den beiden Kreuzrittern, die ihnen während des gesamten Zoobesuches schon auf Schritt und Tritt folgen, allerdings in respektablem Abstand. Sie winken leicht irritiert zurück.

»Jesus, gibt es eigentlich viele davon?«

»Nein, das sind die Letzten.«

»Die letzten Kreuzritter? Wirklich?«

»Was redest du denn da? Die letzten Kreuzritter? Wie kommst du denn darauf?«

»Aber das hast du doch gerade gesagt!«

»Was?«

»Dass das die letzten Kreuzritter sind!«

»Wer?«

»Die da!«

»Wie kommst du denn da drauf?«

»Nicht ich. Du! Ich habe gefragt, ob es noch viele davon gibt und du hast gesagt, es sind die Letzten!«

»Lutscher.«

»Wieso Lutscher? Kreuzritter!«

»Johannes, ich weiß nicht, was du immer mit den letzten Kreuzrittern hast. Es gibt noch viele davon, sehr viele. Überall in der Welt suchen und beobachten sie Personen, die nach ihrer Meinung vielleicht der Sohn Gottes sein könnten. Aber das musst du doch wissen, du bist doch Priester!«

»Das weiß ich doch!«

Jakob spricht betont langsam.

»Na, dann ist es ja gut.«

Jesus hält zwei leere Lutscherstiele hoch.
»Das waren die Letzten. Wir müssen neue kaufen.«

Jakob vergräbt sein Gesicht in seinen Händen. Der Tag fing so gut an, 3D-Predigt am Morgen, Wunder am Mittag, aber jetzt … *Herr, lass Geduld auf mich regnen* betet er innerlich, dann setzt er Jesus nach, der bereits auf dem Weg zu den Fledermäusen ist. Als er ihn eingeholt hat, fragt er: »Jesus, was interessiert dich so an den Fledermäusen?«

»Ihre Sprache. Sie haben eine besondere Art, sich untereinander zu verständigen. Für uns unhörbar, bestehend aus ein paar Tönen mit sehr viel Komplexität. Basilius von Caesarea war ein großer Freund von ihnen. Erst seit kurzem weiß die Wissenschaft, dass ihre Laute nicht nur der Orientierung dienen, wie ein Radar, sondern zugleich auch eine Sprache darstellen.«

Das ist der Mann, der eben an einem Lutscher nuckelte. Jetzt hält er einen Vortrag über das Gehör der Fledermäuse.

Jakob hört nur sporadisch zu, es interessiert ihn gerade nicht, was sein Gesprächspartner wieder zum Besten gibt. Seine Gedanken schweifen ab zu Marlene. Gerne wäre er heute mit ihr und nicht mit Jesus im Tierpark unterwegs. Gerne würde er zu seiner Beziehung zu ihr stehen. Leider ist es den Pastoren nach wie vor untersagt, in einer weltlichen Beziehung zu leben. Nicht, dass sich irgendjemand daran halten würde, aber offiziell war es wieder verboten worden.

Priesterehen

Papst Constantin II. hatte 1846 das lange Heucheln beendet und offiziell zugelassen, dass Pastoren eine weltliche Beziehung eingehen durften. Allerdings nur, wenn diese am Altar geschlossen wurde. Ein wahrer Heiratsboom setzte damals ein und es gab einen kräftigen Ruck im Kirchengefüge. Leider war es dieser Neuerung nicht vergönnt, Bestand zu haben.

Papst Julian III. erklärte 40 Jahre später das damalige Edikt für ein Werk des Teufels und nicht mit den Werten der Kirche vereinbar. Es könne nicht Gottes Wille sein, dass Priester neben Gotteslob noch andere Pflichten hätten. Er erklärte alle Priesterehen rückwirkend für ungültig und zwang die Pastoren, sich entweder von Ihrer Familie zu trennen oder aus der Kirche auszutreten.

Dieses Edikt kostete die Kirche innerhalb eines Monats ein Drittel ihrer Priester. Es war der Monat des Erdbebens in San Francisco 1906, das wie ein zusätzlicher weltlicher Ruck die Menschheit erschütterte. Es war auch der Beginn des Streites mit den Kreuzrittern, der 1908 zum Ende der gemeinsamen Beziehung führte.

Es kam sogar das Gerücht auf, dass Papst Julian III. vorgehabt habe, die Suche nach Jesus endgültig für gescheitert zu erklären. Er habe geplant, sich zum obersten Kreuzritter wählen zu lassen und so Kirche und Kreuzritter mit einer Hand zu führen. Dann habe er offiziell erklären wollen, dass Jesus damals nach seiner Flucht in der Wüste verschollen und gestorben sei. Die vielen

berichteten Wunder seien einfach nur verschiedenen Wander-
predigern zuzuschreiben und somit kein Beweis, dass Jesus noch
lebe.

Jesus selbst sei, da er ja gestorben sei, nicht göttlichen Ursprungs
gewesen. Die Reichtümer der Kreuzritter sollten somit an die
Kirche fallen und er, der Papst, sei der einzige legitime Stellver-
treter Gottes auf Erden.

Man muss sich das mal vorstellen: ein Mensch, der behauptet,
direkt im Namen Gottes zu sprechen … Und die Menschen, die
das glauben …

Mit der von ihm beauftragten Ermordung des Obersten Kreuzritters Erzherzog Franz Ferdinand war Papst Julian III. jedoch zu
weit gegangen. Viele geheime Bündnisse und stille Seilschaften
brachen auseinander. Unbemerkt in den Wirren des ersten großen Weltkrieges, der daraufhin ausbrach, organisierten sich die
Kreuzritter neu, in Rom brach eine stille Palastrevolte aus. Die
getreuen Gefolgsleute des Papstes führten alle Anweisungen
ohne zu zögern aus.

Eine neue Elite von Kardinälen und Bischöfen unterschlug aber,
wo immer möglich, die neuen Dekrete, an die sich der Papst einen Tag später auch nicht mehr erinnern konnte. Sie hielten den
Schaden für die Kirche so gering wie möglich, ohne offen aufzubegehren. Am 13. Oktober 1917 erwachte der Papst nicht
mehr aus seinem Schlaf.

Es gab Gerüchte, er sei vergiftet worden. Letztendlich setzte aber sich die Darstellung durch, er sei einer unheilbaren Geisteskrankheit erlegen. Seine immer wirrer werdenden Edikte und Proklamationen waren dafür Beweis genug.

Viele dieser Edikte konnte sein Nachfolger, Papst Johannes IV. rückgängig machen, das, für wenige Jahrzehnte ausgesetzte, Zölibat jedoch wurde beibehalten. Auch ein Papst muss Zugeständnisse an die Kardinäle und Bischöfe machen. Im Vatikan ist auch der Papst nicht frei bei seinen Entscheidungen.

Auf zur Eisdiele

»Marlene?« Jakob wird von Jesus abrupt aus seinen Gedanken geholt. »Oder an wen denkst du gerade?«

Na ja, immerhin kann er wohl doch keine Gedanken lesen.

»Du wirst mit so einem verklärten Gesicht wohl kaum an den Papst gedacht haben, oder?«

Jesus zwinkert Jakob zu. Jakob ist wieder irritiert. Kann er es doch? Spielt er mit ihm?

»Sag mal Jesus, kannst du Gedanken lesen?«
Er will es jetzt endgültig wissen.

»Jakob, was denkst du denn? Wozu sollte das gut sein? Was würde es mir dabei helfen, das Wort Gottes zu verkünden?«

Das war ja wohl so etwas von gar keine Antwort. Jakob weiß aber aus Erfahrung, dass es sinnlos ist, weiter zu fragen. Er schaut auf eine Uhr.

»Es ist gleich fünf. Wir haben noch etwas Zeit bis zum Abendessen.«

Das war natürlich auch keine Antwort auf Jesus Frage.
»Dann gehen wir jetzt Eis essen. Ich hatte heute noch nichts. Du erinnerst dich, Jakob?»

War das ein dezenter Hinweis auf sein letztes Wunder beim Mittagessen? Fishing for compliments? Jakob nickt, zieht eine Augenbraue hoch und antwortet knapp: »Ja.«

»Bernd geht jetzt mit Lydia spazieren. Mit meinem Eis in seinem Bauch. Ich möchte jetzt in die Eisdiele gehen.«
Er klingt ein wenig wie ein trotziges Kind.

»Gerne, es ziehen auch ein paar Wolken auf. Vielleicht gibt es Regen, dann sind wir drinnen besser aufgehoben. Ich bin heute Abend verabredet und möchte vorher nicht unbedingt nass werden.«

»Marlene?«

»Ja, Marlene!« Jakob nickt. »Es ist doch viel mehr zwischen uns, als ich mir zugestehen möchte. Und das bringt uns Probleme.«

»Wenn du meinst. Lass uns bei einem leckeren Walnusseis darüber reden. Anna und ich haben dir auch etwas zu sagen. Vielleicht bist du mit deinen Problemen ja gar nicht alleine. Ein paar Gramm mehr wären doch etwas Schönes, oder?«

Jakob lächelt müde, er versteht diese Anspielung auf den Familiennamen des Eisdielenbesitzers. Sicherlich will Jesus jetzt eher Anna besuchen als tatsächlich Eis essen zu gehen. Anna ist die Tochter von Pélé, dem Besitzer der Eisdiele *Bella Venezia*. Dieser ist gebürtiger Italiener und hieß früher Kilos mit Hausnamen. In Deutschland hat er den dann aber ändern lassen, weil er der Meinung war, der Name sei zu gewichtig für den Besitzer einer Eisdiele.

Eine Geschichte, die er seinen Gästen immer wieder gerne erzählt. Und *Pélé Gramm* klinge zusätzlich besonders ›flink‹. Nicht jeder kann über diesen Geniestreich lachen, insbesondere nicht Anna, seine Tochter. Anna Gramm.

Jakob erwidert: »Ich weiß, was du meinst. Und du weißt auch, dass ich zu Eis einfach nicht nein sagen kann. Dann lass uns gehen, wir haben ja auch noch genug Zeit bis zum Abendbrot.«

Jakob und Jesus wenden sich von dem Fledermausgehege ab und gehen den Weg zurück zum Eingang, vorbei an den Bären, die neben ihnen am Gitter entlanglaufen, soweit das Gehege es zulässt. Mit einem tiefen Brummen verabschieden sie sich.

Die Eulen und die Gänse nehmen dieses Mal keine Notiz von den beiden, und auch die blonde Kassiererin würdigt sie keines Blickes, als sie durch das Drehkreuz hinaustreten. Nur Sabine, die Ältere mit dem leuchtend rot gefärbten Haar, schaut beiden gedankenverloren nach. Sie fragt sich, ob dieses seltsame Paar vielleicht ein richtiges Paar ist. Als Jesus nach Jakobs Hand greift und dieser sie sofort abschüttelt, muss sie lächeln.

»Wir wollten doch noch einkaufen! Komm Jakob!«
Jesus will den Pfarrer in Richtung Supermarkt ziehen und greift wieder nach seiner Hand.

Jakob aber wehrt sie ab.
»Nein, Jesus, nein! Du warst heute schon einkaufen. Wir haben uns doch im Supermarkt getroffen. Weißt du das nicht mehr?«

»Natürlich! Ich bin doch nicht senil! Nur etwas vergesslich.

Aber wir haben nichts eingekauft, das weiß ich genau!«

»Das stimmt, du hast deine Einkäufe dort gelassen, als der Wagen von Hühner-Joe vom Blitz getroffen wurde. Rasierschaum und Melonen. Was willst du denn jetzt noch einkaufen? Lutscher?«

»Ach, lass mal, Johannes. Ich weiß auch nicht. Und Lutscher sind übrigens gar nicht gut für die Zähne.«
Tadelnd schaut er den Pfarrer an.

Jesus und Jakob biegen um die Ecke der Adenauer-Allee. Ein merkwürdiges Paar, der so gepflegte Pfarrer und der etwas hipp aussehende Jesus mit seiner Base-Cap. Sie steuern auf die Eisdiele *Bella Venezia* der Familie Gramm zu.
Wie bei jedem Besuch bleibt Jesus kurz vor der Eisdiele stehen, betrachtet das bunt bemalte Fenster, als sähe er es zum ersten Mal. Er fährt mit dem Finger an den Konturen der Gondel, die auf die Schaufensterscheibe gemalt ist, entlang. Wie immer hält er dann den schmutzigen Zeigefinger hoch, schaut ihn an und lacht.

Jakob zieht die Glastür zur Eisdiele auf. Beide atmen zeitgleich die typische, süßlich kalte Eisdielenluft ein. Ein Türglöckchen klingelt leise.

Pélé steht hinter der Theke und lächelt seinen Lieblingskunden fröhlich zu. Sein etwas zu dicker Bauch stützt ihn an der Theke ab, mechanisch wischt er seine Hände an der grauen Schürze ab.

»Seniores, wollen eintreten! Es ist noch viel Platz frei.«

Mit einer ausladenden Handbewegung zeigt er einmal in die Runde. Nur drei der braunen Holztische sind besetzt, Jesus und Jakob schauen sich fragend an. Wohin?

Jesus geht leichten Schrittes auf den Tisch in der hinteren Ecke zu. Es ist der einzige Tisch mit blauen Stühlen aus Stoff, die anderen Stühle sind billige orangefarbene Plastiksitze. Kaum haben sie Platz genommen, steht auch schon Anna am Tisch.

»Na, ihr beiden, Lust auf Süßes?«

Jakob kann nicht umhin, mit den Augen ihre Figur abzutasten, während Jesus schon vertieft in die Karte ist. Als er aufblickt, verfängt sich sein Blick mit Annas, eine gefühlte Ewigkeit scheint die Zeit still zu stehen. Dann legt Anna beide Hände auf Jesus Schulter und flüstert etwas in sein Ohr. So sehr sich Jakob auch bemüht, er kann es nicht verstehen.

»Sie sagt, dass das Eis nicht das einzige Süße hier ist, das ich haben kann.«

Jesus gibt das Geflüsterte unvermittelt weiter. Anna wird leicht rot, wirft ihr schwarzes Haar mit einem Schwung nach hinten und entgegnet lächelnd mit sanfter, akzentfreier Stimme: »Ihm darf ich so ein eindeutiges Angebot ja machen, Jakob. Bei dir käme ich bestimmt in Teufels Küche.«

Draußen grummelt es plötzlich leise aus heiterem Himmel.

Anna wendet sich wieder Jesus zu.
»Ich habe den ganzen Tag auf dich gewartet, mein Lieber. Wir

wollten doch heute ins Kino gehen, wenn ich hier fertig bin. Und wir haben auch noch Einiges zu bereden.«

Als sie ihm durch das Haar streicht, ziehen draußen dunkle Wolken auf. Die Raumtemperatur fällt schlagartig ab.
Jesus scheint davon nichts zu bemerken, er lächelt Anna an, genießt die Berührung.
»Ja, das machen wir auch. Aber erst möchte ich mir ein Eis aussuchen.«

Mit einem schnippischen »Hm!« lässt Anna die beiden Männer am Tisch zurück, ihre schwarzen, hochhackigen Schuhe begleiten jeden Schritt zurück zur Theke mit einem lauten ›Tock‹. Anna vergewissert sich, dass alle Blicke auf sie gerichtet sind. Dann fährt sie sich langsam mit den Händen über den Po, um eine imaginäre Falte an ihrem kurzen, schwarzen Rock glattzustreichen.

Die zwei Eishungrigen wenden sich langsam wieder der Karte zu. Der Pfarrer schüttelt innerlich den Kopf. Er, ja klar, er darf offiziell so etwas gar nicht denken. Aber Jesus? Ob der auch immer zölibatär gelebt hat? 2000 Jahre? Es fällt ihm schwer, sich das vorzustellen. Aber andererseits, wenn die Geschichte stimmt, und er gar keinen Vater hatte, also keinen echten, dann hat er ja vielleicht auch gar keine …

»Nüsse!« Jesus reißt ihn aus seinen Gedanken. »Ich habe Lust auf Nüsse. Walnüsse.«

Er wendet sich an den Mann hinter der Theke.
»Papa Pélé, für mich bitte einen Walnussbecher mit ganz vielen

Walnüssen. Und du, Jakob?«

»Für mich auch, und einen Espresso, bitte!«
Jakob ist es unangenehm, Anna bei der Bestellung übergangen
zu haben.

»Gerne, Seniores, aber leider, sehr leider, die Walnüssen sind
alle. Vielleicht einen Becher mit Haselnüssen, Seniores?«

Jesus schüttelt den Kopf.
»Walnuss!«
Er klingt wie ein trotziges Kind.

»Aber, bitte, wir haben gerade keine Walnüsse.»

Pélé setzt sein trauriges Gesicht auf. Er zeigt auf die Eistheke
und abwechselnd auf eine volle und eine leere Eisbox.
»Haselnuss ja, Walnuss nein!«

»Doch!«, sagt Jesus trotzig und zeigt auf die Durchreiche zur
Küche. Dort steht eine Aluminiumbox mit frischem Walnusseis,
gekrönt von einer Handvoll Walnüssen. Wie versteinert schaut
Pélé auf die Box, die er wohl auch gerade erst gesehen hat. Er
weicht erschrocken einen Schritt zurück und stottert: »Aber,
wieso, das, ehrlich Seniores, das war eben noch nicht da!«
Jesus lächelt zufrieden, verschmitzt.
»Egal. Einen Walnussbecher bitte!«
Zu Jakob gewandt sagt er: »Mein Vater mag das gar nicht. Er
würde das Spielerei nennen. Er steht mehr auf ›richtige‹ Wunder.«

Jakob schaut ängstlich hinaus, aber der Himmel bleibt ruhig.

»Aber hier ging es um Walnussbecher. Und Walnussbecher sind wichtig!«, ergänzt Jesus.

Pélé wechselt die leere Eisbox in der Theke gegen die volle aus. Anna bereitet den Espresso, sie scheint das kleine Wunder als selbstverständlich hinzunehmen.

Der Pfarrer wundert sich wieder einmal über sein Gegenüber. Diese Art von Wundern war sicherlich nicht das, was Gott gemeint hatte. Was für ein Geist steckt wirklich in diesem Menschen? In diesem Mann, müsste er sagen. Ist Jesus denn ein Mensch? Aber, wenn das nicht, dann ist er doch auch kein Mann, oder? Ein Außerirdischer? Nein, er ist ja auf der Erde geboren worden. Aber nein, geboren worden in dem Sinne nun auch wieder nicht. Verzwickt.

»Hallo!!! Erde an Raumschiff! Was ist los? Du hast deine Grübelfalten wieder ausgefahren. Bedrückt dich etwas, mein Freund?«

Jesus schaut ihn besorgt an. Jakob schreckt aus seinen Gedanken hoch.
»Ja, Jesus, ich frage mich wirklich, wie das alles weitergehen soll. Ich bin vom Papst ausersehen worden, dich, den wahren Jesus, zu prüfen. Ich habe alles getan, was ich kann, aber ich kann den Papst nicht zufriedenstellen. Keines meiner Zeugnisse reicht ihm aus. Alle meine Worte waren bisher vergebens.

Und dann ist da Marlene, ich glaube, ich liebe sie wirklich. Nein, ich glaube es nicht, ich weiß es. Heimlich lieben darf ich sie ja, aber das reicht mir nicht. Ich will mehr. Aber ich will auch meinen Auftrag erfüllen, will den Papst und meinen Glauben nicht enttäuschen. Irgendwie weiß ich gerade nicht mehr weiter. Ich warte auf ein Zeichen.«

»Hier ist es!« Anna stellt den Espresso vor den Pfarrer. »Das Eis kommt sofort.»

Jakob sieht ihr nach, wie sie elegant zur Theke schlendert und sofort mit zwei riesig großen Eisbechern zurückkommt.

»Ein Geschenk des Hauses», flüstert sie und setzt sich zu Jesus auf den Stuhl. Der rückt etwas zur Seite, um seinen Platz mit ihr zu teilen. Anna legt elegant einen Arm um seinen Hals, um nicht herunterzufallen.

»Walnuss. Meine Lieblingsnuss. Obwohl sie mit dem Wal im Wasser gar nichts zu tun hat.«
Jesus Augen leuchten beim Anblick des Eisbechers.

»Lasst es euch schmecken!« Anna lächelt. »Und danach wollen Jesus und ich dir etwas erzählen.« Anna zwinkert Jesus zu, aber der hat nur Augen für seinen Eisbecher.

Langsam aber sicher leeren sich die Eisbecher. Jakob ist als Erster fertig und wischt sich mit der Serviette den Mund ab.

»Wirklich, außergewöhnlich lecker. Wenn es nicht noch einen anderen Grund gäbe, wir kämen allein wegen eures Eises.«

Jakob winkt zur Theke herüber und zeigt Pélé den ausgestreckten Daumen.

»Lecker, wie immer.«

»Danke! Gracias, Senior Pastor.«
Annas Vater lächelt glücklich und reibt seinen Bauch. »Eis ist gut für Figur. Jede Gramm.»

Nun ist auch Jesus mit seinem Walnussbecher fertig, er schaut satt und zufrieden aus dem Fenster.

»Jakob, vergiss nicht, wir müssen gleich noch einkaufen. Du hast doch die Liste, oder?«

Jakob und Anna schauen sich an. *Geht das schon wieder los?*, aber keiner sagt etwas.
Jakob wendet sich an Jesus.

»Ihr zwei wolltet mir etwas erzählen? Was ist es denn? Willst du auch in der Eisdiele arbeiten, Jesus?… Jesus?«

Jesus starrt gedankenverloren aus dem Fenster, dann ruft er plötzlich: »Mama, Maria!«, und springt von seinem Stuhl auf. Anna verliert das Gleichgewicht und stürzt auf den schwarzweißen Fliesenboden. Entgeistert starrt sie Jesus nach, der durch die Tür davonläuft. Er läuft tatsächlich durch die Tür, ohne sie zu öffnen, ohne sie zu beschädigen, so, als wäre sie gar nicht da.

Pélé lässt den Eisbecher fallen, den er gerade in der Hand hält. und starrt ebenfalls auf die Tür. Sahne, Eis und Zuckerperlen vermischen sich mit den Scherben auf dem Fußboden hinter der Theke, während Jakob der völlig verdutzten Anna aufhilft. Ihr Rock ist rechts eingerissen, ein Absatz abgebrochen. Beim Versuch, aufzustehen, knickt sie um. Jakob hilft ihr auf den Stuhl, wo sie die Schuhe auszieht und sich die rechte Hüfte reibt.

»Bist du okay?«, fragt Jakob.

»Ja, geht schon. Was war das denn?«
Ungläubig schaut sie den Pfarrer an. Der schüttelt den Kopf.

»Was hat er denn gerufen, ich habe es gar nicht richtig verstanden, das ging alles so schnell.«
Er kommt aus der Verwunderung auch nicht heraus.

»Es klang wie Mama Mia!«, ruft Pélé, der hinter der Theke kniet und die bunte Eismasse vorsichtig aufnimmt. »Er war wie von Furie gestochen! Sehr ungewöhnlich. Vielleicht hat er Geist gesehen?«

»Anna, was sollen wir machen? Sollen wir hinterher?« Jakob ist besorgt.

»Ach nein. Er ist ja erwachsen. Jesus wird sicher gleich wiederkommen und uns eine lustige Geschichte zu erzählen haben. Warte! Ich gehe eben schnell hoch und ziehe mich um, dann mache ich uns einen Cappu auf den Schreck.«

Jakob nickt und schaut zur Tür. Er hofft, Jesus jeden Moment wieder durch die Tür kommen zu sehen. Doch die Tür bewegt sich nicht. Er schaut durch das Fenster, auf der Straße ist er auch nicht zu sehen.

»Alles gut! Wird gleich wiederkommen«, ruft Pélé unterhalb der Theke in den Raum. »Mache nur schnell Scherben weg, dann geht weiter!«

Die Frau an dem runden Tisch am Fenster mit dem Pudel auf dem Schoß nickt nur und scrollt weiter in ihrem Handy.

»Ich habe Zeit, nur keine Eile. Und geben Sie bitte noch etwas Erdbeersauce drauf.«

Sie wirft ihr blondes Haar nach hinten und krault abwesend ihren Pudel, während ihre Augen durch die Welt des Internets gleiten.

Einige Meter weiter lehnt Jesus an einer Straßenlaterne und schnappt nach Luft. Er war sich für einen kurzen Moment ganz sicher, er habe seine Mutter auf der gegenüberliegenden Straßenseite gesehen. Absolut sicher war er, obwohl er natürlich auch wusste, dass das nicht möglich sein konnte. Aber was war schon unmöglich?

Er war von der Eisdiele zunächst die Königstraße hochgelaufen. Als er die Frau dort nicht mehr sehen konnte, war er in eine Seitenstraße nach der anderen abgebogen. Schließlich hatte er die Orientierung verloren.

Seine Gedanken wanderten zurück. Damals, 1492 in Spanien, war er auch einer Maria gefolgt.

Unterwegs mit Christoph Columbus

Es ist ein heißer Sommer. Jesus hat sich wieder auf Wanderschaft begeben. Er will zurück nach Jerusalem. Natürlich hätte er sich mit einem Augenzwinkern einfach dorthin begeben können, aber er liebt es, zu reisen. Man trifft ja so viele interessante Menschen auf so einer Reise.

So wie hier in Sevilla. Seit mehr als zehn Jahren lebt er jetzt in dieser Stadt. Dies war ein wichtiger Ort für ihn. Hier hatte er den Entschluss gefasst, mit den Kreuzrittern in Zahara Kontakt aufzunehmen. Der Abt des Klosters hatte ihn überzeugt, dass dies ein guter Schritt sei. Es wäre für ihn wirklich eine Gelegenheit, die dauernde Unrast zu beenden. Jesus könnte sich dort zu erkennen geben. Der Abt war sogar bereit, mit ihm zu gehen. Und dann, das war das Raffinierte am Plan des Abtes, würde man gemeinsam nach Rom reisen und dem Papst ein Ultimatum stellen. Im Beisein der Kreuzritter, die Jesus als den Sohn Gottes anerkennen würden, hätte der Papst keine Möglichkeit mehr, Jesus zu verleugnen.

Leider waren die Pläne einen Tag vor der geplanten Reise gescheitert. Die Mauren hatten die Stadt und die Burg der Kreuzritter angegriffen. Daraufhin stellte die spanische Königin ein großes Heer auf und begann, das Königreich von den Mauren zu befreien.

Da Jesus weder für die eine noch für die andere Seite Partei ergreifen wollte, blieb er in Sevilla. Er stellte seine Fähigkeiten als Zimmermann bei den Arbeiten an dem Hochaltar der Capella Major zur Verfügung. Das große Gerüst sollte besonders stabil werden, eine kleine Herausforderung und eine willkommene Abwechslung für ihn.

Nun ist seine Arbeit getan. Die feinen Schnitzarbeiten für die kleinen Schreine werden Andere erledigen.

Gut gelaunt reitet er am Hafen entlang aus der Stadt heraus. Sein treuer Esel Niklas schnaubt leise vor sich hin. Er scheint sich freuen, wieder einmal unterwegs zu sein. Die Schiffe der Fischer wippen auf dem Wasser, der Wind weht Sand aus den trockenen Regionen westlich des Flusses Guadalquivir herüber.

Vier oder fünf Tagesreisen liegen vor den beiden, ihr Ziel ist der Ort Huelva. Kurz hinter den Toren der Stadt schließt sich ihnen ein Maure an. Er führt drei beladene Kamele, mit denen er Waren, vor allem Gewürze, in die Hafenstadt bringen will.

Jesus freut sich über die unerwartete Begleitung. Auch sein Esel Nikolas scheint mit den Kamelen ins Gespräch zu kommen. Sie verstehen sich prächtig.

Als der Abend dämmert, beginnen sie mit dem Aufbau des Lagers. Jesus ›erschafft‹ in Windeseile einen großen Stapel Holz, während Jahja die Zelte aufstellt. Ein kleiner Brunnen, der wie zufällig plötzlich aus dem Boden schießt, versorgt die Lasttiere mit Wasser. Der maurische Händler schüttelt nur den Kopf, sagt aber nichts.

Jesus ist zufrieden. Er freut sich darauf, Jerusalem wiederzusehen. Fast 1500 Jahre ist das jetzt her. Es hat sich viel getan in dieser Stadt. So wie auf der ganzen Welt. Die Menschen haben mehr zueinander gefunden, Werte entwickelt. Das ist sicherlich auch auf seinen Einfluss und seine Predigten zurückzuführen.

Die Gespräche mit dem Abt in Sevilla haben ihn darin bestärkt, mehr in die Öffentlichkeit zu gehen. Und das will er in Jerusalem tun. Sicherlich wird er dort auch auf die Kreuzritter treffen. Dort kann er sich dann als der Sohn Gottes zeigen und mit ihrer Hilfe noch viel Menschen zum Glauben führen.

Vom Feuer her zieht der Geruch von Kaffee herüber. Sein Begleiter hat das Abendessen vorbereitet. Die frisch gebrannten Bohnen duften köstlich. Dieser Duft, womit verbindet er ihn noch einmal?

Jesus schreckt aus seinen Gedanken auf. Er ist nicht in Spanien, er ist nicht im 15. Jahrhundert, er ist im Münster des 21. Jahrhunderts. Aber, was will er hier? Richtig, zur Eisdiele. Dort sitzen bestimmt noch sein Freund Jakob und Anna. Heute wollen er und Anna dem Pfarrer ihr kleines Geheimnis erzählen. Er muss sofort zurück zur Eisdiele.

Aber, welcher Weg? Die Häuser sind hoch hier, es fällt kaum Sonnenlicht auf die mit Pflastersteinen gedeckte Straße. Er muss jemanden fragen. In der kleinen Querstraße hört er das das ›tock-tock-tock‹ von Stöckelschuhen näherkommen. Hoffentlich jemand, der sich hier auskennt. Das Geräusch erinnert ihn sehr an das Getrappel von Pferden …

Die Straßen in dieser Stadt sind eng und schmutzig. Lastkarren werden von Eseln und Pferden gezogen, aber auch Handwagen sind unterwegs. Es riecht nach Abfall, trotz des frischen Windes, der vom Meer herüberbläst. Jesus hat sich von Jahja verabschiedet und ist nun auf der Suche nach seinem Freund Christophus. Der wird sicherlich eine besondere Aufgabe für ihn als Zimmermann haben, sonst hätte er ihm keinen Boten gesandt. Sicherlich geht es um den Bau einer Kapelle. Dies soll dann sein letzter Auftrag sein, bevor er nach Jerusalem reist und sich zu erkennen gibt.

Allerdings ist Christophus schwer zu finden. Sein Zimmer im Wirtshaus ist leer, und nur wenige scheinen ihn zu kennen. Sie deuten dann meist in Richtung Hafen. Also muss er ja hier irgendwo sein. Nikolas wiehert, wie zur Bestätigung.

Aus dem Wirtshaus an der Ecke riecht es nach starkem Bier, dahinter kann man schon den Hafen sehen. Viele Menschen schleppen Fässer und Säcke von den Schiffen und zu den Schiffen. Jesus lässt seinen Blick schweifen, da fällt ihm ein Name auf: *Santa Maria*. Ein stattliches Schiff, etwa 40 Meter lang, drei Masten. Am mittleren hängt schlaff ein weißes Segel mit einem roten Kreuz.

Wenn das kein Wink des Himmels ist! Kreuzritter! Mutter Maria! Jetzt fehlt nur noch Christophus. Jesus bedeckt seine Augen mit der Hand und schaut gegen die Sonne. Und tatsächlich sieht er ihn auch in der Ferne an der Laderampe eines Schiffes stehen. Es ist die *Pinta*. Sie ist viel kleiner als die *Santa Maria*, die neben ihr ankert.

Wieder in der Gegenwart

Jesus schreckt aus seinen Erinnerungen hoch, als sich ihm eine Hand auf die Schulter legt.
»Ich grüße dich, mein Freund. Kann ich dir helfen?«

Die Schiffe sind verschwunden, Autos fahren an ihm vorbei. Jesus hat Orientierungsprobleme. Langsam findet er sich in Münsters Innenstadt wieder. Seine Erinnerungen hatten ihn sehr weit fortgetragen.

Die Stimme, die ihn aus Spanien zurückgeholt hat, gehört einem älteren Mann. Er schaut ihn freundlich an und fragt: »Verlaufen in Münster? Das ist gar nicht so einfach. Aber du siehst wirklich verwirrt aus. Wo willst du denn hin?«

Jesus findet in die Gegenwart zurück und antwortet langsam: »Zur Eisdiele. Walnussbecher. Papa Gramm.«

»Ah, *Bella Venezia*, das kenne ich. Das beste Eis weit und breit. Komm mit, ich zeige dir den Weg.«

Jesus folgt dem freundlichen Mann im Trenchcoat.

Währenddessen sitzen Jakob und Anna am Tisch und trinken Cappuccino. Anna hat sich umgezogen. Alle paar Sekunden blicken beide auf, in der Hoffnung, Jesus durch die Tür schreiten zu sehen. Dass jede ihrer Bewegungen von der Dame mit dem weißen Pudel, offenbar eine Kreuzritterin, aufgezeichnet wird, ist Jakob inzwischen egal.

Er fragt sich aber, wieviel Anna wirklich von Jesus und seiner Herkunft weiß. Und was das ist, das die Beiden ihm erzählen wollen. Ob da mehr ist zwischen den Beiden? Wollen Sie gemeinsam in den Urlaub fahren? Muss er dann mitfahren? Soll er? Darf er? Wer entscheidet das? Wie kommt Jesus überhaupt mit dieser ständigen Überwachung klar? Das ist ja fast schon so etwas wie Personenschutz.

Beim ersten Konzil 325 in Nicäa war Jesus ja dabei gewesen. Er hatte selbst, wenn auch von den Teilnehmenden unerkannt, die Modalitäten mit den Kreuzrittern und der Kirche ausgehandelt. Damals war vereinbart worden, dass jede Partei aus eigenen Kräften nach dem Sohn Gottes suchen würde und im Falle des Erfolges den Anderen unverzüglich informieren würde. Die Kreuzritter waren unentwegt an vielen Orten auf die Suche gegangen, während Kaiser Constantin noch im gleichen Jahr Kontakt zu Jesus aufnahm und ihm versicherte, er könne unbehelligt das Wort Gottes verkünden, man werde ihm die Kreuzritter auf Distanz halten.

So funktionierte das auch jahrhundertelang, die Kirche genoss heimlich das Wissen, Jesus auf ihrer Seite zu haben, allerdings, ohne ihn offiziell anzuerkennen. Die Kreuzritter durchkämmten die Welt und gingen jeder Spur von Jesus nach. Dass sie nicht erfolgreich waren, lag sicherlich auch an den vielen Falschinformationen, die ihnen von der Kirche zugespielt wurden. Und später auch an einem nachlassenden Interesse der Oberen Kreuzritter, ihren Reichtum abgeben zu wollen.

Erst Papst Johannes IV. brachte 1917 die Wendung in dieses Spiel. Er erklärte dem obersten Kreuzritter, konkrete Hinweise auf den echten Sohn Gottes zu haben und bat ihn offiziell um seine Unterstützung bei der eindeutigen Bestimmung dessen göttlicher Abstammung.

Inzwischen waren beiden Seiten jedoch schon Jahrhunderte von ihrem damals erklärten Ziel entfernt, so dass keiner der beiden dies wirklich ernsthaft in Betracht zog. Die Kirche achtete darauf, dass Jesus nicht unangenehm auffiel, die Kreuzritter beobachteten ihn misstrauisch, eine weitere Finte der Kirche vermutend.

Während Jakob noch seinen Gedanken nachhängt, schreckt er aus seinen Gedanken auf. Das Türglöckchen ertönt. Anna dreht sich schlagartig um, auch Pélé schaut zur Tür.

Als Jesus eintritt, entdeckt er als erstes die Frau mit dem Pudel. Jakob kann ein wütendes Funkeln in Jesus Augen zu sehen. Schon glüht das Handy der Frau auf. Das muss Jesus gewesen sein, er scheint wirklich sehr zornig zu sein. Die Pudelfrau lässt das Handy schreiend auf den Boden fallen, es zerscheppert in mehrere Teile, die flink über die Fliesen rutschen. Der Hund bellt vor Schreck laut.

Von draußen kommen Paul und Peter, die Jesus gefolgt waren, hereingestürzt. Paul sammelt die Einzelteile des Handys vom Boden, Peter kümmert sich um den zitternden Pudel. Die Frau sitzt starr vor Schreck auf ihrem Stuhl.

Pélé trocknet mit einem Tuch hinter der Theke Eisschälchen und sagt immer nur: »Mama Mia! Mama Mia!«

Ungerührt von dem ganzen Aufruhr geht Jesus langsam zu Jakobs Tisch und setzt sich.

»Ich habe mich geirrt. Für einen kurzen, glücklichen Moment dachte ich, da draußen auf der Straße, das wäre meine Mutter. Ich weiß, dass das nicht sein kann, aber trotzdem wollte ich sicher sein.« Er schlägt die Augen nieder und legt seine Base-Cap auf den Tisch. »Jakob, das ist ungerecht. Warum lebt Nikolas, aber meine Mutter ist tot?! Wieso ist die göttliche Gerechtigkeit nur für Menschen?«

In der Ferne glaubt Jakob Donnergrollen zu hören. Er überlegt lange eine Antwort.

»Heißt es nicht, die Wege des Herrn sind unergründlich? Er wird Gründe haben, die sich uns Menschen nicht erschließen. Das ist wenigstens das, was du uns lehrst.«

»Ja. Ich sage euch, was er mir aufgetragen hat, zu sagen.«

Anna steht auf und umarmt Jesus. Sie schaut ihm tief in die Augen. »Du vermisst deine Mutter immer noch, nicht wahr?«

»Ach, Anna, ich habe fast 2000 Jahre Zeit gehabt, damit klarzukommen, aber manchmal tut es immer noch weh. Gerade in solchen Momenten. Ich bin der Frau durch die Straßen gefolgt, habe sie aber aus den Augen verloren.

Während ich den Rückweg suchte, dachte ich an meine Zeit in Spanien. Ich war da auch auf der Suche nach Maria. Allerdings nicht nach meiner Mutter, sondern einem Schiff, das so hieß.«

»Wann war das denn? Und was wolltest du dort?«
Anna fragt sichtlich interessiert.

Die Entdeckung Amerikas

»Mein Freund Christophus hatte nach mir geschickt. Das war die Zeit, als die Mauren nach 700 Jahren wieder aus Spanien, wie es heute heißt, vertrieben wurden. Es ist schon merkwürdig, egal wo und wann ich auf der Welt unterwegs war, es gab immer Neid, Missgunst und Krieg.

Ich hatte gedacht, mein Freund hätte nach mir verlangt, weil ich ihm beim Bau einer Kapelle helfen sollte, aber er hatte etwas Anderes mit mir vor.

Ich glaube, das wird eine lange Geschichte ...«

Jakob kennt diesen Gesichtsausdruck und reagiert sofort.
»Pélé, bitte einen Walnussbecher. Und für uns noch zwei Cappuccino.»

Pélé nickt und hantiert hinter der Theke.

Anna lehnt sich zurück, diese Geschichte scheint sie noch nicht zu kennen. Nur Jakob ahnt, worum es gleich gehen wird.

Jesus holt tief Luft, hält inne und zieht so die Aufmerksamkeit seiner Tischnachbarn auf sich. Dann fährt er durch sein Haar und beginnt.

»Habe ich euch schon erzählt, wie ich Amerika entdeckt habe?»

Anna hält überrascht die Hand vor den Mund, Jakob grinst. Hatte er sich doch gedacht!

»Nun, es war ein Tag im Sommer, Anfang August. Ich hatte einige Jahre in Sevilla gelebt und war auf dem Weg nach Jerusalem. Da erreichte mich die Botschaft von Christophus, dass ich ihn in Huelva treffen solle. Ich habe ohne Probleme die Wüste durchquert, aber in den engen, stinkenden Straßen der Hafenstadt habe ich mich tatsächlich verlaufen. Genauso wie hier eben in der Stadt.

Als ich am Hafen ankam, sah ich die *Santa Maria*. Ein wunderbares Schiff. Und etwas später traf ich auch meinen Freund Christophus. Er war gerade dabei nach Indien aufzubrechen. Mich brauchte er als Zimmermann für die Arbeiten auf dem Schiff.«

Anna macht große Augen, sie scheint nicht so recht zu glauben, was Jesus da erzählt. Der aber redet unbeirrt weiter.

»Ich hatte nur eine Stunde Zeit, es mir zu überlegen. Die Schiffe waren bereit zur Abfahrt. Da ich der Meinung war, die Reise gehe nur bis Nordafrika, habe ich dann zugestimmt. Ich dachte, Christophus würde dort den Landweg nehmen. Jerusalem wäre dann für mich nicht mehr weit gewesen.

Ich weiß nicht, ob er es mir absichtlich verschwiegen hatte, jedenfalls fuhren die Schiffe nicht nach Afrika.«

Anna nickt. »Ja, der neue Seeweg nach Indien. Das ist Geschichte.«

»Und ich war mit an Bord der *Santa Maria*. Sogar Nikolas durfte ich mitnehmen, obwohl ich gar nicht so sicher war, ob das so eine gute Idee war. Er wird leicht seekrank.«

Jakob und Anna schauen sich fragend an. War das jetzt als Scherz gemeint oder nicht? Aus Jesus' Miene lässt es sich für sie nicht ablesen. Er nimmt den Eisbecher, den Pélé bringt, dankend an und reibt sich voller Vorfreude die Hände. Während er langsam einige Walnüsse herauslöffelt, erzählt er weiter.

»Wir waren nur wenige Wochen unterwegs. Christophus befehligte die *Santa Maria*, das größte Schiff. Und leider auch das Langsamste. Die beiden Karavellen, die mit uns fuhren, waren entschieden wendiger. Christophus schrieb seinen Ärger darüber im Logbuch nieder, aber er ließ seine Wut nie an der Mannschaft aus.

Allerdings hatte sein Schiff einen großen Vorteil: Es war groß genug, Proviant für mehrere Monate aufzunehmen. Und meinen Esel und mich. Ungezählte Fässer mit Wein, Wasser, Zitronen, Essig, gepökeltem Fleisch und gesalzenem Fisch waren an Bord. Dazu säckeweise Reis, Bohnen und Zwieback.

Leider war das Schiff auch mit Waffen beladen, Kanonen, Schwerter und Musketen. Die Menschen sind so voller Angst, dass sie immer aufrüsten müssen, obwohl eine Gefahr gar nicht in Sicht ist.

Wir waren etwa 40 Mann, und ein Esel, es war sehr eng an Bord. Hätte ich nicht hin und wieder etwas Meerwasser in Wein verwandelt, die Stimmung wäre wohl nicht so gut gewesen. Kaum vorstellbar, es gab nicht einmal ein Klo oder eine Küche.

Gut, dass ich damals noch keine Walnusseisbecher kannte, ich hätte sie wirklich vermisst.«

»Aber, konntest du denn da nichts tun? Du bist doch der Sohn Gottes. Du kannst Wunder vollbringen. Nicht nur Wasser in Wein verwandeln. Du hättest doch auch, ich weiß nicht was, zum Beispiel Luft in Schinken verwandeln können, oder so?«

Anna schaut Jesus fragend an. Der kratzt seinen Bart.

»Stimmt. Da bin ich irgendwie gar nicht drauf gekommen. Aber ich hatte mich auf andere Weise nützlich gemacht. Ich habe tatsächlich für die Mannschaft auch einen Donnerbalken gebaut. Das war nicht leicht, wir hatten ziemlich Probleme mit Holzwürmern.«

»Immerhin», sagt Anna trocken »nichts zu essen, aber ein Klo!« Jakob muss lachen.

Jesus lässt sich nicht irritieren, er nimmt einen Löffel Eis und schaut verzückt nach oben.

»Herrlich! Ich liebe Walnusseis.« Er schaut plötzlich verwirrt. »Wo war ich?«

»In Amerika«, antworten Anna und Jakob gleichzeitig.

»Stimmt gar nicht! Ich war noch auf dem Weg dahin! Mit meiner geliebten Mutter Maria. Ach, ich meinte, mit der *Santa Maria.*

Ihr seid heute so viel Zivilisation gewohnt, so viel Wohlstand. Ihr könnt euch das gar nicht vorstellen, wie das war, Tag und Nacht auf Deck zu sein. Bei Wind und Wetter, Sonne und Regen. Das waren noch echte Kerle damals. Nicht so, wie die heutigen Profifußballer mit ihren Millionengehältern. Nein! Die waren anders. Rau, aber ehrlich! Und idealistisch!

Ach, wie haben die vor Freude getobt, als endlich Land zu sehen war. Ich war übrigens der, der zuerst die Wandertaube gesehen hatte, die auf das Schiff zugeflogen kam. Und nicht viel später sahen wir eine Insel. Also, man kann sagen, ich habe Amerika entdeckt.«

Plötzlich schaut Jesus ganz betrübt.
»Kurze Zeit später lief unser Schiff auf Grund. Ich hatte sozusagen wieder eine Maria verloren. Aus dem Holz des Schiffes bauten wir eine kleine Siedlung. Christophus war froh, mich als Zimmermann mitgenommen zu haben. Er segelte mit den beiden anderen Schiffen zurück nach Spanien. Wir wenigen Freiwilligen blieben zurück und bauten eine neue Stadt auf: Hispanola. Nikolas und ich blieben ein paar Jahre, bevor wir mit einem der späteren Handelsschiffe wieder auf Wanderschaft gingen.»

»Dann war Nikolas der erste Esel in Amerika?«

Anna sieht Jesus fragend an.

»Nein, das war Präsident mit gelber Haut!«
Ihr Vater versucht, einen Scherz zu machen, erregt aber nur wenig Heiterkeit.

190

Jesus beendet seine Geschichte und schiebt den leeren Walnuss-Eisbecher in die Tischmitte.

»Ich bin diese Geschichten müde. So viel Vergangenheit wie ich hat keiner. Seid nicht böse, aber ich möchte jetzt an den Aasee gehen, etwas frische Luft schnappen. Kommt ihr beiden mit?«

Jakob nickt wortlos und schüttet den letzten Rest Cappu in sich hinein, dann deutet er auf die WC-Tür. Jesus nickt.

»Und du, meine Liebe, kommst du auch mit?«

Anna schaut sich in der Eisdiele um. Paul, Peter und die Frau sind gegangen, sie stehen draußen vor einem großen weißen Lieferwagen mit der Aufschrift *ANNETTES NÄHSTÜBCHEN*. Zahlreiche bunte Wollknäuel sind auflackiert und verbergen so ein wenig die Sicht auf die vielen kleinen Bullaugen ringsum. Wieder so ein Abhörwagen der Kreuzritter.

Jesus fängt ihren Blick auf und schaut ebenfalls auf den Wagen. Der linke Hinterreifen ruckelt kurz und gibt mit einem lauten Knall seine ganze Luft frei. Alle drei springen erschrocken zur Seite. Der Pudel bellt.

Anna schaut Jesus tadelnd an und blickt dann zu ihrem Vater.

»Du kannst mich doch bestimmt ein Stündchen entbehren, oder, Paps?«

»Ah, ihr wollt spazieren? Geht nur, geht nur. Ich komme klar alleine. Keine Problem!«

Er lächelt und zeigt in den Gastraum. Es ist nur noch ein weiterer
Tisch besetzt.

Jakob kommt von der Toilette und fragt, während er im Gehen noch
den Gürtel schließt: »Was war das für ein Knall? Ich dachte …«

Er sieht auf die Straße. »Ach so, die Kreuzritter.«
Und schon hält er sich die Hand vor den Mund, unsicher, ob er
zu viel gesagt hat. Jesus schüttelt den Kopf.

»Ist gut, Jakob. Wir haben keine Geheimnisse voreinander.«

»Keine?«

»Keine!«

Jesus lacht, Anna stimmt mit ein.

Jakob glaubt, jetzt zu wissen, was die beiden ihm erzählen wollen. Anna und der Sohn Gottes. Ein Paar! Unglaublich! Aber
warum nicht? Jesus war schon einmal verheiratet, mit Magdalena. Warum nicht noch einmal? Nach 2000 Jahren.

Und er macht sich Gedanken wegen Marlene! Das sind ja ganz
andere Dimensionen. Er zwinkert Jesus und Anna zu und hält
beiden die Tür auf.

»Moment!« Jesus zeigt auf die Eistheke. »Zwei Kugeln Walnuss
zum Mitnehmen, bitte.»

Pélé stopft ihm zwei Kugeln mit extra großem Kragen in ein

Hörnchen und winkt ab, als Jesus in der Hosentasche nach Geld sucht.

»Jedes Gramm ein Geschenk von Papa Gramm.«

Anna lächelt müde über den erneuten Versuch, mit dem Familiennamen einen Scherz zu machen und geht durch die Tür, die Jakob immer noch für sie offenhält. Jesus folgt mit leichten Trippelschritten.

Auf der anderen Straßenseite sind die beiden männlichen Kreuzritter mit Wagenheber und Ersatzrad beschäftigt, als sich auch der rechte Hinterreifen mit einem Knall verabschiedet.

Die Männer fluchen, die Frau kreischt, der Pudel bellt. Jesus grinst, Anna und Jakob schauen sich fragend an. Gottes Sohn scheint heute aber sehr schlecht gelaunt zu sein.

An den Aasetreppen

Der Pudel folgt heimlich dem Trio, das sich langsam dem Aasee nähert. Die Sonne glitzert auf dem ruhigen Wasser, das elektrische Wassertaxi Solaaris zieht leise seine Bahn. Auf der Wiese vor der großen Aaseetreppe sieht der Pudel die Eichhörnchen, die schon am Morgen mit Jesus gespielt hatten. Er rennt bellend auf die Nager zu.

Die Eichhörnchen verharren vorsichtig einen Moment, dann spielen Sie weiter. Sie scheinen zu erkennen, dass das Bellen keine Aggression, sondern eine Einladung zum Spiel war. Tatsächlich tollen sie weiter herum und beziehen den Hund mit ein, dann rennen sie mit einer Nuss im Mund davon, die sie fallen lassen, und der Pudel bringt sie brav zurück.

Die drei setzen sich auf eine Bank, die großen Betonkugeln im Rücken, Blick auf das Wasser. Sie schauen schweigend dem lustigen Treiben der Tiere zu und lassen sich die Sonne ins Gesicht scheinen. Der Wind weht leicht durch die grünen Blätter der Bäume, die Wolken haben sich schon wieder verzogen. Ein schöner Maitag.

Sogar Peter und Paul halten sich in respektvollem Abstand und scheinen die Sonne und die Ruhe zu genießen. Die Pudelfrau versucht verzweifelt, ihren Hund zurück zu rufen: Der aber ist zu beschäftigt mit dem Walnussspiel.

In einiger Entfernung winken ihnen zwei Menschen zu. Es sind tatsächlich Bernd und Lydia, die dort in der Sonne spazieren gehen. Und, wenn Jakob nicht alles täuscht, hält Bernd Lydias Hand. Anna rückt etwas näher zu Jesus und legt ihren Arm um seine Schulter. Spielerisch drückt sie ihm dabei die gelbe Base-Cap etwas in die Augen. Mit einem Lächeln rückt er die Kappe zurecht und nimmt Annas Hand. Eine ganze Weile sitzen sie dort und schweigen.

»Ich muss noch einkaufen!« Jesus springt plötzlich auf. »Ich bin im Supermarkt verabredet. Ich glaube mit Bernd. Er hat den Einkaufszettel. Ich muss jetzt los.«

Anna schaut ihn mit großen Augen an.
»Wieso das denn jetzt? Wir wollten doch noch mit Jakob reden. Hast du das vergessen?«

Jesus scheint durch sie hindurchzusehen. Er wendet sich an Jakob. »Johannes, wo ist mein Einkaufszettel?«

»Ich bin Jakob und ich weiß es nicht.«

»Aber du solltest dich doch darum kümmern. Die Geschäfte in En Gedi schließen um diese Zeit schon, wir müssen uns beeilen. Mach schon!«

»Jesus, wir sind in Münster, nicht in En Gedi. Das war einmal!«

»Das war einmal! Willst du mir jetzt ein Märchen erzählen? ICH kann dir Märchen erzählen, das kannst du mir glauben, Johannes. Märchen! Alles Märchen!«

Seine Stimme wird mit jedem Wort lauter, die Leute am Aasee drehen sich um und bleiben stehen.

»Märchen! Jawohl, Märchen!« Jesus schreit es aus sich heraus. »Alles Märchen! Und ich bin ein Teil davon! Ich bin ein Märchen! Ich bin ein Teil dieser Geschichte! Schlimmer noch, ich bin Geschichte!«

Jesus ist aufgestanden, bewegt sich jetzt aber nicht mehr. Nach endlos erscheinenden Sekunden setzt er sich wieder auf die Bank und vergräbt sein Gesicht in seiner Hand. Er schluchzt.

»Maria, meine Mutter. Gott, der Dornbusch, mein Vater. Niklas, der Esel. Ewiges Leben. Das Wort Gottes. Göttliche Abstammung. 2000 Jahre. Sind das alles Märchen oder ist das Geschichte? Meine Geschichte?«

Jesus steht auf, geht zum See, hebt seine Arme nach oben und schaut in den Himmel.

»Vater, ich kann nicht mehr!«

Die Vögel hören unvermittelt auf zu singen, der Himmel wird grau, schwarze Wolken ziehen plötzlich von überall heran. Die Menschen am Aasee bleiben neugierig und ängstlich zugleich stehen. Ein Donnergrollen kommt auf und ein Blitz entlädt sich krachend. Noch bevor er jedoch die Erde erreicht, bleibt er wie eingefroren in der Luft stehen. Jakob schaut zu dem Blitz hinauf, dann zu Jesus.

Dieser steht mit erhobenen Händen da, es scheint, als hätte er den Blitz gestoppt. Die Luft beginnt zu knistern, der Blitz verfärbt sich von weiß nach gelb und dann rot. Ein unnatürliches Geräusch liegt in der Luft, so wie ein Donnergrollen rückwärts. Mit einem lauten Zischen zieht sich der Blitz nach einigen Sekunden in die Wolke zurück.

Jesus lächelt zufrieden, aber müde, dann fällt er in sich zusammen. Offenbar hat es ihn ziemlich viel Kraft gekostet, sich dem Donnerwort Gottes zu widersetzen.

Jakob geht auf ihn zu und hilft dem abwesend lächelnden Freund zurück auf die Parkbank. Er schaut ängstlich zum Himmel. Die Wolken bewegen sich sehr schnell hin und her, dunkel und offenbar ziellos. Aber es bleibt ruhig.
Die Menschen, die das Naturschauspiel beobachtet haben, kommen wieder in Bewegung. Einige schütteln ungläubig den Kopf, schauen wieder und wieder nach oben, zücken ihre Handys. Da kommt erneut Bewegung ins Firmament. Die Wolken ballen sich zusammen, es wird nachtdunkel. Ein elektrisches Brummen ertönt, das mit jeder Sekunde lauter wird. Mit einem lauten, kratzenden Geräusch wie von einem Plattenspieler reißt der Himmel auf. Dann ist es still.

Ein kleiner Spalt lässt die Sonne einen suchenden Strahl auf die Erde schicken. Dieser wandert zunächst wie ein Scheinwerfer kreuz und quer über das Wasser. Er findet die Parkbank mit Jesus und taucht ihn in goldgelbes Licht.

Die Vögel beginnen wieder mit ihrem Gesang, rings um die Parkbank erblühen Pflanzen, die eben noch gar nicht zu sehen waren. Jesus hebt den Kopf und lächelt zum Himmel empor.

Himmelfahrt

»Endlich!«, sagt er leise. »Mein Vater, ich komme!«

Eine Welle von Glück strahlt aus ihm heraus, die alle Menschen erfasst, die dieses Schauspiel erleben. Er wendet sich Anna zu und küsst sie auf den Mund. Wortlos, innig.

Langsam steht er auf und gibt Jakob, der mit weit geöffnetem Mund dort steht, die rechte Hand und sagt: »Mein Bruder!« Wieder erfüllt ein Knistern die Luft, ein leises Prickeln verursacht allen Anwesenden eine Gänsehaut. Niemand sagt ein Wort.

Jesus wendet sich dem Himmel zu und breitet die Arme aus. Sein Jogginganzug fällt von ihm ab und er trägt wieder das weiße Gewand aus früheren Jahren.

Jakob weiß nicht, ob er seinen Augen trauen soll. Jesus steht ganz still da mit ausgebreiteten Armen. Die Trauer, die vor Kurzem noch jeden seiner Gesichtszüge beherrscht hatte, ist von ihm abgefallen, wie der blaue Jogginganzug.

Der Sohn Gottes scheint sich langsam aufzulösen, er wird immer durchscheinender. Seine Gestalt verwandelt sich in Tausende, Millionen kleiner, bunter Lichtpunkte, bläht sich auf wie eine Explosion in Zeitlupe. Es gibt jedoch keinen Knall.

In alle Richtungen schweben die Lichtpunkte langsam davon, durchdringen Steine, Mauern und Menschen, werden immer durchsichtiger und lösen sich bald einfach auf.

Jakob steht immer noch mit weit geöffnetem Mund und großen Augen. Er starrt auf die Stelle, an der der Sohn Gottes eben noch gestanden hat. Dann schaut er sich um.

Während die dunklen Wolken am Himmel langsam dem Sonnenlicht Platz machen, stehen die Menschen immer noch staunend da. Erst als ein Baby zu schreien beginnt, scheinen sie aus ihrer Starre zu erwachen und schauen sich verwirrt gegenseitig an. Die anfängliche Ungläubigkeit in ihren Augen weicht der Verwunderung. Dem Wundern.

Die beiden Kreuzritter löschen eilig ihre Videoaufzeichnungen. DAS will von ihren Vorgesetzten niemand sehen. Es soll alles so bleiben, wie es ist. Sie werden sich weiter auf die Suche nach Jesus begeben, ihre Lebensaufgabe soll nicht einfach hier und jetzt enden.

Jakob hat das Gefühl, immer noch Jesus Hand in seiner zu halten. Langsam kommt auch sein Bewusstsein wieder bei ihm an. Er hebt den blauen Jogginganzug auf, der wie ein leerer Kokon auf dem Boden zurückgeblieben ist.

Heute ist Donnerstag, der 9. Mai 2024. Dies ist der Tag, nein, dies war der Tag, der letzte Tag, an dem sein Papst die Chance gehabt hätte, Jesus endlich als Sohn Gottes anzuerkennen. Nun ist es zu spät, er ist in den Himmel aufgefahren.

Geblieben sind nach 2000 Jahren nur eine Vielzahl von Erzählungen, die Erinnerung an einen Mann, der das Unmögliche möglich machen wollte und ein blauer Jogginganzug mit weißem Streifen in Größe L.

Für Jakob ist es nun klar: Mit dieser Reliquie wird er nach Rom reisen und danach seinen Dienst quittieren. Marlene wird auf ihn warten, dann werden sie ein gemeinsames Leben beginnen. Glücklich schaut er noch einmal in den Himmel, die helle Sonne lässt ihn blinzeln, seine Augen werden feucht.

Anna bleibt noch lange stehen. Tränen laufen ihr die Wangen herunter, sie schaut mit leerem Blick in die Ferne. Dann wird es heute doch niemand erfahren. Zum Ende des Jahres, der errechnete Termin ist der 24. Dezember, wird sie Zwillinge zur Welt bringen.

Wie soll sie ihnen erklären, wer ihr Vater ist?

Und wo ihr Vater ist…

Oben im Himmel

Jenseits der Wolken und unserer Vorstellungskraft tritt Jesus mit der Base-Cap in der Hand an die rechte Seite seines Vaters.

»Vater, ich bin da!«

Gottes Zorn ist verflogen, er lächelt freundlich und sagt leise: »Mein Sohn, du hast getan, was du konntest. Ruh dich aus.«

Dann wendet der Allmächtige seinen weiß behaarten Kopf nach hinten und ruft: »Elea, mein Töchterchen, bist du eigentlich schon einmal in Münster gewesen? Ich habe da eine Aufgabe für dich.«

Nachwort

Ich darf Sie, liebe/r Leser/in jetzt wieder (bildlich gesprochen)
an die Hand nehmen und aus Münster zurückholen.
Die Geschichte scheint hier ihr Ende gefunden zu haben.

Wir begleiteten Jesus

- bei seiner Flucht aus Jerusalem
- im Park und im Supermarkt
- in der Kirche und Messe
- im Altenheim
- im Zoo
- in der Eisdiele
- bei der Entdeckung Amerikas
- zurück in den Park
- und trennten uns von ihm im Himmel

Doch die Geschichte geht weiter.

Während Jesus sich im Himmel mit seinem Vater aussöhnt,
macht seine Schwester sich daran, auf der Erde Jesus' Werk fort-
zusetzen.

Band 2

Gottes Tochter trägt Prada

Eva-
Lena
Sund

Sie steigt vom
Himmel herab
um menschliche
Gefühle zu erfahren.

Gespräche mit Gottes Sohn